遠藤周作初期エッセイ

# アラベスク

遠藤周作

河出書房新社

# アラベスケ　遠藤周作初期エッセイ　†　目次

I

## Ⅳ

資料協力＝世田谷文学館
町田市民文学館ことばらんど

# アラベスケ

遠藤周作初期エッセイ

# I

# 〈尊敬と友情のしるしに〉

題して唐草模様《アラベスケ》とは、僕の作った色々な糸で、はた織ったからであります。弱い糸、よごれた糸しか生憎持ちあわせがありません。美しい織物を差し上げたかったのですが……。許して下さい。

色模様も汚いものです。僕の真黒な手がいじくったものですから。けれども貧しい人間の貧しいおくりものを、貴方が拒まない方であるとよく存じております。唯一つ、僕にとって嬉しいのはこれが唯あなたにしか渡さなかった definitive edition であると言う事です。アラベスケを美しく織る様に僕の努力は続けられていきます。何時《いつ》かは、その美しい名に価するアラベスケを貴兄に送りたいと真実願っています。そんな意味でこのノートを埋めずに、わざと余白を残しました。

尊敬と友情のしるしに

遠藤周作

松井慶訓様

## 一《アイン》・二《ツヴァイ》・三《ドライ》

### 夏日漫談　勤労奉仕の昼休、友達との雑談

「おい、何を読んでいるんだい。又堀辰雄か。君は何時までも堀さんを読んでよくあきないものだなあ」

「そう言うなよ。そりゃ僕だって堀さんのものばかり読んでいるわけじゃないんだよ。ほかの人の作品だって感銘も受けるさ。けれども、これだけは、何と言うのか。そんな濫読の中で、どうしてもしがみつきたいと思う程僕の性格にあっているんだよ」

「ふん。君の性格にね……。そりゃどう言う意味だい」

「まあね。僕は数多い作家の書物の中から一人の作家を徹底的に調べて、それを自分のものにするか、しないかそこに僕を賭けてみなくちゃ、将来、仕事をする上にも駄目だと思ったんだ。つまり教養のための多読じゃなく、本当の勉強のためにこの作家にしがみつい

たわけだ」

「それで」

「それで僕はよかったと思うよ。僕も昔は昨日、トルストイを読んで今日、バルザックを読むと言う、何かあせった気持ちの上での多読も繰りかえしたんだけれどそれじゃ駄目だと言う気がしたんだ。やっぱり、今僕達と同じ様に、人生を生き抜いた一人の人、その人と同じ気持ちになった時、僕に変革があるに違いない。そいつを捉えてみなくちゃ、結局腰が落着かないんだ」

「それなら何も堀さんでなくてもいいじゃないか」

「勿論さ。けれども、堀さんであってもいいわけだよ。僕達は、そんなにその作家の苦しみや悲しみが散読によってすぐわかる筈《はず》はないよ。選択することの出来る程、僕達は未だ完成されていないからな、僕がこれぞと思う人を徹底的に生涯かけてやるその選択はまず、堀さんを超えてからだ。兎に角、何を言ったって堀さんは僕以上だからね」

「で、いよいよの時、君に堀さんを捨てる勇気があるかい」

「そこなんだ。僕は堀さんを超えると言って捨てると言わなかったのは、僕が仮に堀さんを作品だけで愛していたらそりゃ、堀さんから容易に別の人に移れたかも知れないよ。けれども僕だって毎日信州に先生を訪ねる事を信条の一つとしている。段々彼の作品でなく、生活にはいって行く。すると作品ではなく、堀さんを愛する様になって来た。すると益々作品が捨てられなくなってくるんだ。作品だけ読んではわからない、その作品を裏打ちしている彼の何かあるものが、僕を永久にこの人と結びつけそうなんだ。それが悪いことかいい事か……」

「それはわかる気がするな。が、或る意味で危険だな。だが、君が好きなのは、又、堀さんの作品でどう言う所なんだい」

「そんな事がすぐ語れるかい。そんな質問は嫌いだよ。それが知りたきゃ俺の日記でも読んでくれ」

「いや、部分的でもいいから話してみろよ」

「部分的も何もないが、まあ、自分の勉強になった所なら特別に語ってもいい。堀さんの手法が取りあげられる。芥川龍之介は堀さんの良い師であったそうだが。氏は堀さんに『何よりもボードレエルの一行を』と最後に残していかれたそうだ。真の弟子とは自分の先生の仕事の模倣をしないでその仕事の終った所から出発するのだろうが、堀さんの仕事もその言葉にブレエキをかけて再び出発させたものだ。『あらゆる作品の中で我々がよき涙を流すのは悲しい数頁ではなく、適当な場所に置かれた一行の奇蹟の為である』堀さんは、芸術のための芸術と言うエッセイの中でそんな事を言っている」

「成程、そんな意味で堀氏がラディゲのドルジェル伯やラファイエット夫人の作品を好むんだな」

「うん。そこもあるだろう。だが僕も将来小説を書く時、たった、その一行の為に他の言葉と構成がそれに捧げられている手法をとってみたいと考えている」

「確かに堀さんの「聖家族」なんかそんなスタイルだな。だが、君がそれをとり入れるのはどうしてだい」

「まあ、そんなにあせるなよ。堀さんの弱味は、現実の逃避にあると言われている。が現実とは何だい。これ程曖昧な言葉はないぜ。あの自然主義作家連中が得々と描く世界が現実なら現実とはおよそ、うすっぺらなものさ。作家の発見も科学者の発見も少しも変わるものじゃない。引力の発見も科学の前に幾多の人々は林檎の落ちるのを見たわけさ。が、誰もそれから何らの結果を得なかった。作家も亦《また》そうなんだ。日常卑近の中から真実中の真実をだすのが作家の直覚だ。その真実は一行となるんだ。詩の場合その一行は一節になるが、小説の場合、それは百頁も二百頁もの長い描写の中からぽっかり浮いて来ねばならない」

「ぽっかり浮いて来る……?」

「そうなんだ。それでなくちゃ小説にならないんだ。その真実の一行のために他のすべての頁はその一行への雰囲気を醸すべき為に捧げられる。そして突然唯の一行が蘇える。全く生き生きと……」

「うむ、段々わかって来た。が何故その様なスタイルがなければならぬのか、もう一寸話《ちよつと》してくれないか」

「僕が将来勉強しようと思う作家は色々あるがゲオルゲなぞもその一人だ。モルゲンシュテルンもそうだしエドワード、メリケなんかも興味がある。言葉を平面的に取扱わなかった。そんな点でも研究してみる価値があるんだ。特に詩で顕著だが散文でも語句の陰影はおろそかにしてはいけないんだ。平面的な写実主義はありゃ小説じゃない。詩にしろ、散文にしろ、僕達日常の言葉が何かヴェイルの様な影をその一語一語にかくしている所に小説中の言葉の生命がある。感覚派就《なかんずく》中横光なんかは全くその事を忘れているね。彼の小説は随分純粋小説とさわがれるがありゃ、エッセイだよ」

「大分暴言だな。所で堀さんはどうなのだい」

「うん。脱線したね。堀さんは大学で国文に入学された。リルケなんかも自分の日課の一つにグリムの独逸語辞典を読む事に捧げていた様だが先生もきっと大学で日本語を勉強されたんだね。それが大いに役にたっていると言うわけさ。所で雰囲気は写真的手法じゃ駄目なんだ。詩の形式か或は日常卑近の言葉を適当な、まさに適当な所に置かねばならないんだ。堀さんの採用している短節形式はそこに意義があるんだよ」

「成程、だが君はさっき真実と言ったね。君の惚れているのは堀さんの、真実なのか、それともそれを表現する手法か。どちらだい」

「愈々《いよいよ》来たな。どうせ、そう来るだろうと思っていたさ。勿論僕は彼の手法と共にその真実も我がものにしようとしているんだ」

「じゃ、それは何か言ってみろ」

「待ってくれ。もう時間もないし、俺もくたびれた。だがこれだけは言っておこう。作家にとって最も危険なのは彼が人間であって作家でない事を忘れる事だ。僕達はこれから小説を書くにしろ、君の様に演劇をやるにしろこれだけは注意しようじゃないか。物々を作家として眺めて、人間として眺める事を忘れている。作家としての眼が人間としての眼と絶えず平行し止揚されて行かねばならぬ。日本の文学者はその点人間である事を忘れている気がする。けれども、堀さんは尤も作家らしい眼を持ちながら、又最も人間らしくなろうとして来た。これは立原や津村とはっきり違う所だ。だが、本当の人間とは何なのか。これは僕が堀さんから出発する所だ。丁度、堀さんが芥川氏から出発したように。

こうした偶然によって制約と限界をつけなければならぬ現在の僕達は、決してそれ等によって生きる事を妨げられてはならぬ。生きる事は、それ等抗い難い運命よりもっともっと大きなものだ。僕達はそれを信じないではとても生きていけない筈だ。堀さんはそれを僕達に教えてくれる。「風立ちぬ」で、又「菜穂子」で、且《かつ》、御自分の生活で……。詳しい事は又、明日話してみよう。今日はこれで煙草でものもうや」
「うん」

（一九四四・八　東京）

## 立原道造について一つの考察《メモワール》

立原道造全集（日記と書簡）第三巻を読む。この詩人があくまでも、メルヘンの中に我が身をかけようとしたその気持ちを心はせながら……

しかし、この人の夢みたのは神話ではなくて童話であった。そこに彼の詩作の一つの限界がある。この詩人の選択する極めて童話的な詩句は比較的感覚的なものが多くて（例えば黒いいい手帳だの青いいい洋燈《ランプ》だの……）それだけに直接性を持っているのであるが、それ等の言葉の魅力は童話《メルヘン》の世界に留まっていて、神話の世界にたち入らない。余り光が多すぎて影を忘れているのである。何故なら童話は光と明るみを持つが影や暗さがないから。しかも、これら極めて美しい言葉は、彼の唇からおのずと流れ出たと言うよりは「作為」によってこしらえた人工品であった。

「作為」——これは常に詩人立原道造につきまとったものであり僕にはこれが彼の悲劇だと思われる。彼は始め「作為」する事を信じていたが、作為は何時かは破られねばならぬ。

この日記と書簡の後半に、彼が彼の敬愛していた堀辰雄氏に送った有名な手紙がある。

「貴方にも僕にも共通な不完全さと醜さがある。しかし、そこから脱け出そうとしている事は正しい。しかしその不完全さと醜さをだけそれにささえられて生きようとしている者があったらどうなさるか。貴方はイロニカルな愛し方をすることが出来る。そして嘗《かつ》て僕はそのイロニイを学び得る、或は学ぶ事に愛を信じた。しかしはっきりと今はそのイロニイに耐えない」と。

こうした言葉の中に僕は立原の真実の心情を認め得る。立原は純粋のリリシズムの国の人ではなかった。例えばヘルデリーンがギリシャ人でなかったからこそ、独逸にあってギリシャを歌ったと言う様なああした先験的な抒情の国の人ではなかった。彼の抒情は先天的に彼のものではなく、彼の作為によって歴史的経験的に教えられた一時的な現象である。だからこの詩人は堀氏と同じ様に同じ信濃の雲のたたずまいや花や小鳥を歌うにしろ、堀氏のそれが極めて、御自身の言葉として生き生きと蘇えるのに、立原は作為を以て、作為によって自分の心情を偽りながら歌っているのである。

だが、それは美しい物、善いものを捉える時、立原にやがて来るべき彼のアダジオの崩壊を見せなかったかも知れない。が、美しい物善い物を眺めねばならぬと同じ様に不完全と醜さを直視せねばならなかった時、立原はおのが逃避が堀氏のそれと本質的に異なるものを気づかねばならなかったのである。

堀氏にあってはこの不完全と醜さはなおも抒情を以て包まれる。彼にとっては苦しみは悲しみと変化し、醜さは切ないもだえとなってたちあらわれるのであるが、それは彼が本質的に抒情の国の人であったからである。であるから、堀氏にあっては、そうしたこの世の醜い面も、歎きとなるのは必然的であって何等イロニカルな捉えかたではないのである。だが、立原にとってはそうした抒情は許されなかった。不完全さや醜さはこの不具の詩人にそのままの姿で眺めよと烈しく要求する。それをもだえや歎きと言う美しい言葉に移し変えるなと。そうした偽りの作為によって、彼自身をあざむこうとすれば、する程それ等は真実の要求をする。立原は堀氏の様なイロニカルな——が悲しい事にはそれは彼にとってイロニカルであっても堀氏にとってはイロニカルではないのだ——方法論を学ぼうとする。けれども、彼の本質は、「はっきりと今そのイロニイに耐えない」と歎かしめるものであった。
僕は立原の詩を読むと Bach の Andante を聞く気がする。けれども、堀氏の「美しい村」を読むと遁走曲が僕に蘇える。この二つの曲を続けて聞く時、立原がたとえ悲歌《エレジィ》を歌わねばならぬとしても、それは堀氏の「風立ちぬ」の様な聖合唱序曲的なギリシャ悲劇的なものではなく、それと反対な苦しい溜息となってあらわれねばならなかったであろうと、そんな気が何時もするのであるが……。

（一九四四・六・二十一　海辺の墓地より）

## アラベスケ

甘い花鳥やアカンサスの模様は　　いらない
私はそこに居る　投げられて

## 軽井沢の人々

追分から汽車に乗った時から、烏色の雲塊が浅間を包んでいてデッキに立っている僕の顔に横なぐりに雨が叩きつけたが鼻曲山を過ぎて軽井沢駅につくとひどい霧だ。草津電車駅の灯りが、虹の橋にうるんでいる。勿論町に通ずる落葉松《からまつ》林は乳色の霧で見えない。そんな湿っぽい駅の内外をお祭りの日の様に騒いでいる外人や自転車なんぞの間を跛《びっこ》を引き引き歩いて行く（行きがけにブヨの奴にかまれたのである）。釜の沢とメインストリートに行く道を殆ど手探る様にしていたら、背後から黒エナメルの自動車が通り過ぎる。すれ違いざまに横眼で見たら窓枠の所に真白なスエータを首まで着た美しいお嬢さんがこっちを見ている。こちらがまあ、こんなに難儀をしているのにと癪は癪だがそれが「ルーベンスの偽画」の最初の場面を僕に蘇えらせてくれたのは、もっけの幸い……。

その「ルーベンスの偽画」の作者である詩人の所に僕は今から行こうというのである。室生先生の別荘を横切って、竹田の宮様の御別邸の前を通ったら、外人達が男女まぜて五、六人自転車で降りて来た。僕の方を見て何かしゃべっている。

Bettler……?

ひどい奴等だ。その位の独逸語なら僕でも知っている。だがそう言われても仕方のない程僕は地味な姿をしているのだからなあ……。

昨月末、まだすっかり檜の戸の閉ざされていた町は今日は花の様に開いている。自転車に乗った夫人や令嬢が右往左往、不二屋を一寸のぞいたら、人が混雑した中で果物をたべている。武田屋の親爺は何時もの様に不愛想な顔つき。三笠書房は今年限りと言うので蝶の様に人々がとまっている。そんな中を郵便局を曲って集合堂の方に行くと、丁度両側のアカシヤの葉がとんねるの様になっている、その上から霧が濡《しずく》になって降って来る。アカシヤと言えばこの前まであんなにいい香りをさせて真白い花を咲かせていたのに今は葉までが黄ばんで、はらはらと落ちて来る。サナトリウムの生垣には真赤な木の実が雨にぬれて僕の大好きな童話《メルヘン》風の別荘も霧の中でぼんやり赤や緑に見える。季節の早い高原では、もう秋が来たのだ。

こうして歩きながら、何かBachの遁走曲を蘇えらす様な小説でも創ってみたい気になるのだが、アカシヤもサナトリウムも集合堂も皆詩人H氏が失敬しちゃっていられるから、僕は唯彼の小説を思い出しながら歩いている始末。

H先生のお宅の野茨の茂みからのぞくとヴェランダに赤いスリッパが見えるきりで、客間のドアがしまっている。白樺といら草の植込みを歩いて「先生、先生」と呼ぶと苦しげな咳《しわぶき》が聞こえて、それからすぐ、「はあーい」と奥さんの声がした。

「あら、遠藤さん」奥さんはこんな霧雨の中を侵してやってきた僕の無鉄砲に一寸驚いたと言う恰好で、

「まあ、おあがんなさいな」と微笑なさる。僕の大好きなあの微笑を。

「先生　お悪いんですか」

「ええ、今日は一寸ね。でも少しくらいならいいわよ。聞いて来るわ」とおっしゃって、

小鳥の様に隣の部屋にはいられた。僕は少しは良くおなりだろうと思っていた先生が、未だそんな病苦と闘っていられると聞いて自分ながら苦しい気がした。

先生のお許しが出たので、マントルピースや籐椅子なんぞが書棚と一緒にある客間の隣の寝室に入れて頂いた。

仰むけに先生は青い布団のベッドに横たわられて、今日は眼鏡をとっていらっしゃるせいか顔も蒼ざめていられた。ベッドから書見台がおりていて、それに四六判の本が開かれている。

僕はその横のアームチェアに腰をおろして、もう何を言ってよいのかわからず唯黙っていた。こうした抗い難い病苦と喘ぎながら而《しか》もなお美しいもの善いものを粗々しい世界の中から探ろうとなさる先生のお姿が僕には何とも言えぬ程荘厳に見えたからである。部屋も暗かった。先生のお顔も暗かった。

追分や田部さんの話をしながらそれを聞いて時々言葉をさしはさまれる先生は、時とすると苦しそうに咳をなされ、息苦しそうだ。僕はもうたまらなくなって窓によりかかり、裏の林に眼差しを投げ与えていた。林の中を雨を伴った風が、樅や日光杉の葉を吹き飛ばす。ぬれてとまどう山羊が木の周りをぐるぐるまわりながら鳴いている。

「その左の引出しをあけてごらん。僕の本があるから」

僕は丁寧に引出しをあけた。「晩夏」以外は僕には目新しい如何にも先生好みの装幀だった。僕はその中で僕の全く知らない「堀辰雄詩集」を見出した。羊皮紙の表紙で上質洋紙の素晴しい本だった。

「先生これは……?」僕は、一寸横を向きながら黙って僕の方を眺めていらっしゃる先生にその本をおしめしした。

「それ、それは立原の墓前に捧げた限定本だよ。立原が僕の詩をその様にしてうつしていたのだから」

私の心の啄木鳥《きつつき》よ　おまえが
　私の胸をつつくとき
　私は血を吐く

僕の眼にとまったその本の一詩句、僕はこれ以上見るに耐えられなくてその本をとじてしまった。

立原さんも津村さんも死んでしまった。立原さんは長崎で血を吐き津村さんも不治の病で体を真黒にしながら……。先生を愛し先生によって支えられていた人々は皆、この詩人に先だって別離してしまった。そして今先生も亦。けれども僕は蒼ざめて行く夕方のこの部屋のどこかでそれ等の人々の眼差しが悲しみに震えながら先生を見まもっている様な気がした……。

電燈をもっと明るくしましょうね。津村信夫の詩の一節である。それと同じ言葉を語りながら奥さんがお茶とお菓子を持ってはいってこられた。

——いいよ、このままで。

奥さんは先生のベッドの横に腰かけて御手製のジャム入りケーキを出される。

——私もここで食べていい。

そうして御自分のを取りにいらっしゃる間僕は先生のベッドの隣に薔薇色のカーテンを隔てながら奥さんのベッドがあるのを知っていた。「風立ちぬ」のロマンの中では、彼女を看病せねばならぬのは彼であった。今日、彼を支えねばならぬのは彼女だったのだ……。

三人でお茶を飲みお菓子を戴く。奥さんは努めて明らかな話をなさる。僕はその御気持ちが何より美しく思えた。それにしてもこの様に水入らずのお茶に僕を入れて下さるとは……。たとえ僕がおこがましくも先生を克《こ》える時があったにしても僕は先生を捨てないであろう。この様に優しくして下さった今日の日の思い出に僕は泣きたい程感謝しているのだ。

夜食も御一緒にとおっしゃる奥さんのお言葉を断わって、僕は傘を拝借して外に出る。あした中村さんといらっしゃいよ。そんな所にお坐りになっちゃ駄目よ、ズボンが汚れるじゃないの。

「どうぞ先生を何時までも貴女のその高い愛情でおまもり下さい」

僕はそう言いたいのを我慢しながら、その様子に姉らしく言って下さる奥さんに別れを告げた。

霧がひどい。もう落葉松レインには誰も居ない。木の葉が落ちる音が砂の様に聞こえる。僕は乳白色に林や花や別荘を湿らせながら転げて行く霧の中で一本の白樺に寄りかかりながら、幸福の谷と外人が呼び、この詩人が死の陰谷と名づけた小山の方をぼんやり眺めていた。

何もかもが――。一本の木も灌木の茂みの中を流れている小道も、石も花も皆黙っている。その様なものに何か深い底知れぬ虚無《うつろ》が僕に感ぜられる。このどこかにあの「美しい村」のアダジオがあるのだろうか。その虚無《うつろ》を僕は何によって埋めると言うのだ。僕があの様に頌歌と感じていたあの作品の陰にこの様な深淵があろうとは。そうして、それを乗り越えようと、二人の人間が互いに愛し合いながら、抗い難い運命をじっと耐え忍んでいる。この様な静謐と厳しい孤独の中で……。僕はそう言ったものを殆ど一時に蘇えらしながら眩暈すら感じていた……

（一九四四・八　追分にて）

## 続　軽井沢の人々

朝の顔を洗っていると田部重治先生が「今日は晴れますよ」と下駄を引っかけながらやってこられた。

成程、林の梢がほんのり白んで所々に菫色の空が見える。烏色の雲が静かに浅間の方に流れてそれが僕に出発前聞いたセザール・フランクの旋律を蘇えらせてくれた。

八時四十分の汽車で昨日お借りした傘をお返しする為亦《また》軽井沢に行く。今日は本道を通らずに釜の沢から独逸人のペンションを通って先生のお宅に着くと先客の森君がもう来ていた。

今あなたのお噂をしていた所よ、さあおあがんなさい。

今日は先生もお元気だ。客間の椅子にあぐらをかいていられる。帯をしていらっしゃらずに縕袍《どてら》がはだけているのが如何にも先生らしくて微笑ましい。

昨晩森さんとノートラをしていたのよ。あれからどうだった、と奥さんがおっしゃる。それからトランプの話、中村さんの話、油屋の話、軽井沢に森君はずっといられるとの事、先生、奥さん、森君、僕と四人で林檎をかじりながら雑話をする。

そこへ突然、

大変だ、大変だ、辰ちゃんが大変だよと大声で怒鳴りながら飛び込んで来た奴、――見れば大きな眼鏡を小鼻にずらした悪戯小僧。

何が大変だい。朝巳《あさみ》の大変はあてにならないからなあー。と先生は一寸からかわれる。

(はは あ、この子が朝巳か、あの「雉子日記」に登場する――)

勝ちゃんの奴が足ひきつって伸びてるんだよ。おなかこわして。

又かあ、たべすぎ、こんども。とこれは奥さん。

うん、昨日不二屋のアイスクリーン七杯たべたのがいけなかったらしい。全く嫌になっちゃうなあ。あの男、兎に角森さん来てよ。

大丈夫だよ。と森君も相手にしない。一時間も寝ればなおるよ。

朝巳君べそをかいて一寸背後を振り向く。

青いワンピースを上手に着こなした美しい令嬢があらわれた。

今度は本当なんですの、大変な苦しみよう。

なあにたいした事ない、と未だ先生は大儀そう。

ああ、そうそう、これ遠藤さん。こちら朝巳ちゃんに洋子さん。室生さんの御子さんよ。

ほう、朝巳ちゃんとは室生先生のお子さんか。そしてこの美しいマドモアゼルが立原道造に詩を捧げられたFräulein Murohoだったのか。

もっとも洋子さんの事はI子に聞いていた。彼女が聖心の国文科に居た時やっぱり洋子さんも同じ科に在学していられたのである。

怪しげな薬を奥さんからもらって森君が朝巳ちゃん、洋子さんと自転車を勇ましく鳴らして行ってしまわれると、部屋には三人きりになった。

あなた、帯していらっしゃらないのね。していらっしゃいよ。おかしいから。
うん、子供の様にうなずいて先生が寝室にはいられたあと、僕はたちあがってマントルピースの向い側の先生の書棚を見るともなしに眺めていた。朝の溶けこむ様なやわらかい光の中で、
Goethe, Rilke, Härdelin
そんな横文字をぼんやり眺めている間、奥さんは香ばしい玉露を淹れて下さっていた。
（一九四四、追分）

## 追分通信（I子に……）

昨日こちらに着いた。君があれ程行く事を希《こいねが》っていたこの信州に。Gemeinsamkeit ではなく Einsamkeit でありたかった。たとえ今度の旅行が僕を傷つけるとしてもその傷は唯一人でいたわりたかったから。

願望の油屋は断られてしまいました。その為林の中に貧しい宿屋の二階に今居ます。旅だつ前、僕は何か一つの音楽を聞いて出る事にしているけれども、今度はセザール・フランクのレデンプションを心覚えていた。それが散歩の時、林の中で、叢の中で、遠い山脈を眺める時、僕の心情の旋律となっている。

油屋からすごすご帰る途中ひどい夕立にずぶぬれとなった為かえって嵐を通り抜けた空を梢の美しさが僕を捉えている。

それが〝贖罪〟の旋律ではなくて何であろう。ほのかに白む梢の間から太陽と雲塊とが戦い合って、青い青い空が浮き出ると、厳しい数条の光線が八月の硬い雲を薔薇色にそめて、白樺や落葉松の幹を茜色にさせた。そんな、なんとも言えぬ荘厳な一つの光の中に身を委せて、自分もそれらの一部分であれかしと望んでいるわけです。

嵐と戦わぬものに何が美しかろう。あれら風と雨との怒号にうち叩かれて、枝を震わせ、葉を散らしながらやがてそれ等に耐えぬいた白樺が夕焼けの静かな光のなかで濡《しづく》をぬぐっていた。

僕は今やっと「風立ちぬ」の最後のレクイエムの格調がわかって来た。あの様に高い感情の世界を憧れながら、我自らに戦いの日を避けていた僕がおぞましい。

追分は今花の季節です。先月来た時我が世顔に鳴いていた郭公や山鳩はもうすっかり林から姿を消して叢の中に寝転んでいると、水引草やわすれな草、石竹や桔梗が秋の用意をしています。村の家々では豆が赤や黄の花を咲かせ、ひまわりは今日の様な降りみ降らずみの日には、どちらを向いてよいのかと一寸途惑っている様……。おしろい花やダリヤも赤い。

僕の今いる部屋は階段のすぐ上でその下で老婆が夕の支度をしている。泊っているのは、僕のほかに、山林署の人と彼のひよわい子供、(右の胸が可哀相に凹んでいるのです)と三人だけ。

その山林署の人に昨日食事の時色々面白い話を聞きました。油屋の栄えた話、本陣の衰え行く様、追分の冬の事。そう——追分の冬は早く訪れるのだそうです。十月頃から村の人達は厳しい季節の用意をせねばならなかった。やがて浅間から粉雪まじりの風が地面をからからに凍てつかしてしまうと気温も零下十五度位にくだり、村びと達は隣村に氷を切りに行くのと、落葉松を焼く以外にはもう何も出来ない。

そんな話を聞いていると僕には蕭条とした、雪に覆われたこの村の冬の姿が眼に浮かぶ。ようし、そんな季節にもう一度この村を訪れてみよう。そうしてそんな厳しいものに僕自身を投げ出してみよう……そんな健気な決心を僕におこさせる程……。

霧雨が未だやまない。手習机にもたれて旅日記をつけていた僕も逆に我慢が出来なくて、宿屋を出た。この林の道の別れ道の一方は油屋に一方は……、僕は油屋でない方を選んだ。あの「菜穂子」の中で都築明が高熱に喘ぎながら膝まで没する雪の中で選んだのはこの道であった。火山灰が黒く溶けて赤松や楓、線香紅葉などの雑木林の中では時々蘇えった様に光を投げ与えるのは白樺、叢には、つり鐘草が薄紫の花を開き額《がく》の葩《はなびら》は白いままにぬれこぼれている。そこはかとない、それ等の香りに殆ど酔いながら、僕は都築明の悲壮な姿がその道に何か物悽い程の名残を生き生きと残している様に思われる。

都築明……

僕はそんな一人の人間の姿をかみしめる様に味わいながら中仙道を村の方に出た。浅間神社の所に芭蕉の碑《ひ》があって、それが雨や風にさらされてはっきり読めないのだが、風、野分、そんな所々未だ残っている字を拾っても、ここを通り過ぎた一人の人間が亦《また》僕に何かをまざまざと浮かばせるのであります。

都築明……芭蕉……

僕は今油屋の前にたって崩れ落ちた土蔵の壁が口をあけて、あの凄じかった火事の日を思い出せる。焦げた石垣の上に、黒樺がうす汚い白い花を咲かせているのだが、その叢に坐って、遠く、灰色の雲につつまれた八ヶ岳を眺めているとあの人々の事を思い出さすのです。

「私たちの共同の一日には次のような生活表が用意されている。午前中各人好きなような時間、或る人には朝の読書、或る人には朝の思索、又は詩作、或る人には朝寝坊と言う様に……。午餐、二時間程午睡の時間のあと、皆が一緒に散歩する。宿のあたりの桔梗や薊《あざみ》や、われもこうの咲いている林道や浅間登山道などあまり遠くない散歩である。

帰ってから入浴、そのあとは晩餐までまた、めいめいの時間を持つ。晩餐が午餐と同じ様にすまされると夜の時間はまた共同で過ごされる。あかりの下に皆が集まって、いろいろな事を話し合う。詩と真実について、人生について。自然について。或る夜は詩の朗読などしあい、またお茶を飲みながら語り合う夜もある。そして一日が終ればまためいめいの眠りの時間に帰って行く……」

これは詩人立原道造が四季の人々に追分での合宿を知らせる通知ぶみの一節であった。

そしてその時、堀さんや三好さんなんかのほかに、津村、田中、辻野と言う人々がこの油屋に集まった。そして、これら美しい雲と風とにかこまれてその様な生活を日々托したのであります。

今、僕は立原も津村も田中も辻野もこんな人生に己をかけた人々が、彼等の愛したこの土地を永遠に訪れる事の出来ない世界に行ってしまった事、そして、彼等が詩と真実を以ってそこでその生活を葩の様に展開《ひろ》げた油屋も彼等と共に亡びてしまった事を殆ど一時に蘇えらせながら遠い黒い山脈を眺めつつあるのだった。

追分村――徳川幕府の頃、碓氷三宿のうちでは軽井沢、沓掛の上にあった由緒ある古駅――中仙道が越後に行く北国街道と木曽に行く中仙道とに分かれる。岐点の村、嘗《かつ》ては本陣を始め、数十軒の旅宿が軒を並べ、その軒毎に青い龍を刻んでいたのです。然し、今では村の大半の家は崩れ、淋しい廃駅の姿をつくり、隣村にあたる軽井沢、沓掛はその後新しい避暑地となったのですが、同じ気候と自然を持っていたのにこの追分だけは信濃高原の中で人々に忘れられていた……

僕は本陣の前を行ったりもどったりしながらこの由緒ある家の若主人が変人であった為に、その繁栄を脇本陣である油屋に奪われて、彼の老母と一緒にわびしい日々を送っている。……そんな小説にでもなりそうな、宿で聞いた話を思い浮かべていました。見るかげもなく崩れた家の片隅に大きな石壁が昔の夢をしのばせて、その壁に豆の花が咲いていていました。

そう言えば、この村は何と夢と悲しみの中に蘇えってくる村なのでしょう。龍を刻んだ棟、布袋屋藤兵衛と書かれた名札、栗の木の陰の土蔵、そんなものが昔の日の追憶を何時までもたたえている様で、傾いた二階の窓から赤い簪をつけた遊女がひょいと顔をのぞかせそうな気も僕にはしてならないのでした。

だが、そうした亡び行くままに儘《まか》せて、崩れ果てたこの村を幾人かの人々が通り過ぎた……

或る者は浅間から吹きおろす野分の風の中に……

或る者は病んだ体を冷たい雪の中に投げだし……

或る者は夏の硬い雲に遠い眼差しを投げ与えて……

そんな実在の人にしろ、ロマンの人にしろ、いずれも、人生と言う抗い難い運命にじっと耐えしのんで、自らを烈しい極限に賭けようとした人々でありました。
彼らの踏んだ足跡が未だ鳥の翼の様に残っているそんな雰囲気の中で、僕は「別《ワカ》され」の石碑にもたれながら何ものかが僕の中にも生まれつつある様なのを何時までも待っていました。

（一九四四・八　追分）

## 〈絶対に人生に甘えませぬ故に……〉

深夜、自分が自分に対話する時、僕は初めて生の匂いをかぎます。何故、真昼はあのように苦しいのか。僕は近頃、僕の一切の卑俗、虚栄、卑怯が苦々しくてたまりませぬ。

思想は健康であるべきものでありましょうが、そこにたどりつくまでは、自分を目茶目茶に呪い傷つけなければいられないのが、僕等、新しい世代の宿命でしょうか。年頭に際し、真実を語る友に向い、僕はカトリシズムの優位も何も言えないのです。僕は日本に生まれ、日本人である故に神がいなかった事をどんなにか苦しく思っていましょう。何よりも誠実である事、憎むべきジイドが僕に教えたこの言葉の故に或いは、明日、僕はカトリシズムではなく、日本のカトリック者に対して反逆し、彼等を敵とさえするかも知れません。多くのカトリック者の中には非カトリック者よりも、真実の生き方を知らない人間があり、今日まで、小生亦《また》その一人であった事を思えば恥ずかしくてなりません。

何卒、キヨホウヘンにかまわず、貴兄だけは小生を信じて見てて下さい。絶対に人生に甘えませぬ故に……

松井慶訓宛　葉書（一九四八年一月十九日付）

# II

## 【新発見】遠藤周作書簡
### ――フランス留学時の家族および神父への手紙（一九五〇～五二）

**一九五〇（昭和二十五）年　二十七歳**

六月四日、フランス船「ラ・マルセイエーズ号」で横浜港を出港。
七月五日、南仏マルセイユへ上陸する。その後の二ケ月間をルーアン（フランス北部にある中世からの古都）のロビンヌ家に過ごし、九月、リヨンへ移る。そして十月からリヨン・カトリック大学近くのクラリッジ寮に入寮。カトリック大学聴講生の手続きをとる。

**航海、そしてマルセイユ到着**

日付不明（封筒なし）家族宛　※一九五〇年六月末日あるいは七月一日に書かれたと思われる。

御無沙汰いたしました。お手紙を差上げたのは確か、西貢《サイゴン》でしたね。あれから、十日間、もう二日すればマルセイユにつきます。五日前、生れて始めてアフリカを見、ジブチと云う死んだような街を歩いて烈しい印象を受けました。それから有名なスエズ運河も渡りました。今、船は地中海を渡っています。昨日は、強烈な日の光のもとに曝《さらさ》れるかと思えば、今日は涼しい海を渡ります。見るもの、聞くもの、すべて、生れて始めての風物、体も心もあらゆる刺激を受けて、茫然自失と云った体です。さりながら、健康は上乗ですから何卒御安心下さい。

もう時計は六時間も遅らしました。甲板に凭《もた》れて、今ならば日本は夜、もう皆眠っているのだなと考えています。青い波をみても、これから送る見知らぬ生活と共に、みなの事を考えています。母上はお体は如何でしょうか。兄上、姉上も御元気でしょうか。神父さま（註・ペトロ・ヘルツォグ神父）も御忙しい事と存じます。絢（註・兄の正介の長男絢二）、鮎（註・同じく長女鮎子）は少しは言葉が云えるようになりましたか。独りで海外にでると、何よりも皆様から受けた御恩の事を考えます。自分が我儘で、皆に何も御酬《むく》いできなかった事が悔まれます。本当に今日までいろいろ有難う存じました。

少しセンチになりましたので、話題を変えましょう。一緒にのっている友達の中に、ボルドオのカルメル会（註・カトリックの修道会）に入る、東大を出たばかりの若い人がいます。一ケ月起寝を共にし、本当に立派な生活に尊敬しています。十年間フランスのカルメル会にいて、日本にかえり布教するのだそうですが、ぼくより年若なのに、その言動、生活、実に出来ていて、彼と話をするのが、毎日のたのしみの一つとなりました。その他、アフリカ黒人四名を親友にえ、又、安南のお嬢さんとも仲良くなりました。又、アラビヤ人の回教徒とも親しくなりましたが、この人、黄昏になると西の方を向き、頭を床にツケテペコペコおじぎします。全くふしぎです。肉食は決してしません。

マルセイユにつけばどうなるか、以下、次号のおたのしみ。

P. S. 吉村御夫妻、鈴木、池淵のおばさまにどうかよろしく。船で手紙がだせぬので、この手紙は総まとめで御回覧下さい、失礼ですけど。

周

P. S. この手紙はマルセイユで投函しますから、これがついたのなら無事安着と思召《おぼしめし》下さい。（裏）

——裏面——

（二日後）

一昨日無事にマルセイユにつきました。始めてみる地中海の真青な海、そしてこの地方特有の白い山々と松林、その間に散在する赤屋根の洋館、もし夢よりうつくしいものがあったとしても、これ程うつくしい風景を皆様にみせたいほどです。ふかいプラタナスの街路樹、石畳の歩道を、朝方、長いパンをもった女の人が歩いています。テラスに珈琲をのんでいる家族、何階建の家々からは懐しいフランスアコディオンの音もきこえます。

その日、ぼく等にネイラン神父さま（ぼく等の保証人）の迎えをうけ、二軒の仏蘭西《フランス》人の家に世話になりました。その一つはすばらしい豪華な家で、公園のような庭があり、森あり、そこからは海も山もみえます。すべては順調にすすみました。そして、昨日はマルセイユのノートルダム寺院や、ヴィクトオル教会のカタコンブ（註・地下墓所）を生れて始めて見たわけです。このカタコンブには、一世紀二世紀の基督信者の墓、信徒像がその儘残っています。ぼくはその石棺に頰をふれて、初めて欧州の血液の臭いをかぎました。多くの勉強よりも、もっと深い体験が次々とつみ重っています。ぼくは本当に幸福です。

ただ、不幸と云うよりは閉口な事が但一つあります。それは食事の時です。唯今お話した如く、良家にほうりこまれたぼく等は、テーブルにつきますのも正装しなくてはなりません。この暑いのにネクタイをしめまして靴をはき、必ず、ぼくの隣にはその家の奥さま、或はお嬢さんがすわり、一回毎に料理皿がまわってくれば彼女たちの世話をしなくてはなりません。しかも、何か話をしなくてはなりません。わからぬフランス語で話題をつくりつくり、どもりどもり話す苦しさよ。汗はぼたぼた、その内あがり、作法を間違える。日本の事をきかれる。答える。（ペラペラでなく知れる限りの単語をならべましてな、日本《じゃぽん》クニ、ウツクシクアリマス《とうれ・べーる》。雨多イネ《ぼく・ぷりゆい》 クダモノ《ふるゆい》、タクサン《ぼくう》）それがやっと解放されれば、こんどは別室で珈琲がだされ煙草がゆるされる。思えば全く日本は at home でした。

昨日午後、汽車でリヨンにつきました。途中、有名なアヴィニオンの城をみた時、またうまし国、ブルターニュの野をみた時の感動を御想像下さい。銀色の雲の下、みわたす限り、金の丘と野、岡の上には古い城が、野には青空を切るポプラの列、紫色の花々が咲き乱れ、家畜が草をはんでいました。フランスは実にうつくしい。本当にうつくしい国です。その夜、リヨン着、イエズス会の修道院で猛烈な歓待をうけた後、今、そこでねむる所です。眼の下にはキラキラと街の灯がみえます。青白く光っているのはローヌ河、そして星もまたたいています。今、一点鐘、二点鐘がなりました。しずかです。この市で三年間暮らすのです。

## ルーアンからリヨンへ

日付不明（封筒なし）家族宛　※一九五〇年十月初めと思われる。

（文面冒頭の余白に）

竹井（註・母方の姓）の伯父さん叔父さん、各従兄諸兄に手紙を早く下さいと伝えて下さい。叔父さんはぼくの葉書うけとりましたか（郵便料が高いんでみなに各々出せない。失礼をおゆるし下さい）。

お手紙本日有難く拝見。母上、姉上のお手紙はその前に拝見。実は五日前に懐しいロビンヌ家を去り、巴里で二日くらい、泊ってこちらに帰ってきましたので、お手紙はルアンから回送されてきたわけです。ロビンヌ家を去る時は実に悲劇的で最後の食事の時、ロビンヌ夫人は泣きだし、御主人は、一場の演説をし、家族一同で自動車にのせて駅まで送ってくれました。ルアン駅では、十四歳と十二歳の子は、急に背伸びをして小生の首玉をかかえ、ほっペタにチュッと接吻をした。ロビンヌ夫人はハンカチで涙をぬぐい、「Ecoutez Paul! Ayez toujours le courage」（註・聞いてポール〈周作の洗礼名〉、つねに勇気をもちなさい）と云い、リヨン人はエゴイストが多いから辛くなったらいつでもルアンにおいでと云いました。私も思わずポロポロ涙がでました。僅か二ケ月半の滞在でしたが、この家に泊れたのは何と云っても幸いです。

それから巴里で二日泊り、リヨンの神父さんに二等車にのせてもらって、ここに来た。まだ下宿が定らんのでここの神学校にあずけられました。しずかはしずかでええのですが、何せ朝は六時半から起き、ミサ答えを二つもさせられる（神学生は休暇でいないので）上に、ここには歯のぬけた八十位の神父さんばかりで「ようミサ答えするの」と子供あつかいにするのは閉口です。毎日神父さん四人位（みな永田神父さんみたいな爺さん）と飯をくいますが、しめきった部屋の中に食後の葡萄にたかる蠅がブンブン天井をまわって、その中で、爺さん神父さんの入れ歯の音がカリカリとなり、「枢機卿は巴里にいかれたそうじゃの」「ムッシュウ・ガディニエは、結婚論と云う本をかいて、自分も結婚したそうじゃ」と云う話が耳にきこえ、何か小説の一場面みたいです。しかし兎も角、気らくに勉強できるので安心しています。リヨンの街は丁度京都そっくりで、街の真中には、ソーヌ、ローヌと云う二つのうつくしい河がしぶきを上げて流れ、家は悉く赤い屋根、クリーム色の壁で、とてもうつくしい所です。私はここで大学生活を送るわけですが、国家大学とカトリック大学とこの二つにはいる事になりました。

## ヘルツォグ神父へ報告されるフランス体験

日付なし　※一九五〇年十月頃。

（便箋の冒頭余白に）

私の住所は Paul Endo c/o la communauté du Claridge 29 Rue du Plat, Lyon, France

母を始め皆さんに知らせていただけませんか。

ヘルツォグ神父様

一週間程前、兄貴に出した手紙で御存知と思いますが、ぼくはもうリヨンにかえり、此処の神学校に住んでいます。(毎朝ミサ答えをするわけです)。多分三日後に la communauté du Claridge 29 Rue du Plat, Lyon に引越すでしょう。これはカトリック大学の寄宿舎です。始めは、フランス人の家庭に下宿するつもりでしたが、少し本を買いこみたいので、安いこの寄宿舎を選んだわけです。私はこのカトリック大学と国立大学と二つに通って勉強するわけですが、まだ新学期まで一ケ月あります。こちらはもうすっかりお寒く、朝は一面に霧がたちこめ、気温も五、六度に下ります。冬は零下三十度になるんだそうです。この街からはアルプスの峰々が真白に光って見えます。黄昏になるとモンブランの峰が夕陽に薔薇色に赫《かがや》きます。私がそれを見て、どんなに悦《よろこ》んでいるか、御想像下さい。

私は、今学期一杯は現代カトリック文学の批評方法を習得し、来年には小説の技術を学ぶつもりです。私のように、学者には縁のない人間がこうしてフランスに留学できたのは全く夢のように幸福です。神父様にもお礼の申上げようも御座いません。御恩がえしの出来るような人間になって帰り度いものです。

まあ、少しは今でも変りました。第一に清潔になりました。朝だってチャンと髪をなぜピカピカみがいた靴をはくのですからね。ロビンヌ夫人には大分、教育されましたよ。身振りや動作なども、少し典雅にするべく、鏡の前で大分にらめっこしましたが、どうもうまくなりません。考えてみれば、蛙は蛙だからと思い、これはあきらめました。

この国立大学で、私はメルロオ゠ポンティと云うサルトルなんかと今、フランス文壇での若手の評論家がおり、私はこの人の下で勉強します。又カトリック大学では、ジョリベ教授がいられるので、その人に教えてもらえるでしょう。このジョリベ教授の事で私は又失敗をしてしまいました。実は前、伊太利の小松茂神父からお手紙をいただいて「リヨンにいってジョリベ教授に教えをこわねばだめだ」と教えていただいたのですが、何しろ、下宿もきまらないのでまだお尋ねする暇もありませんでした。ただ、その人の「キエルケゴールとサルトル」と云う本をよみ、こりゃ、頭のいい人だなあ、きっと背の高い、髪の白い、上品な哲学者にちがいないと想像していました。

さて、ここの神学校は今夏休で、神学生もみな帰省し、いられるのは四人の爺さん神父様ばかり、食事のたびに「日本には地震があるかの」「毎日ありますよ」「日本には虎がいるかの」「虎はいませんが熊がいます。私は熊を退治した事があります」「お前は余りたべぬの。たべぬと病気になるぞよ」「日本人の胃袋はあなた達のより小さいのです」と毎日つまらぬ質問ばかりされて閉口していました。この中に一人、ぼくをからかってばかりいる神父様がいて「お前は六十歳、私は二十五歳」など、つまらぬ冗談ばかり云って一人で悦んでいます。私は心の中で、フランス人とは才智縦横《ボクウ・ド・エスプリ》ときいていたが、何じゃい、と少し阿呆らしく、この老神父さんは少し馬鹿なんか知らん、と考えていました。この神父様、私に或日「毎日何をよんでいる」ときかれるので私は「ジョリベ教授の本をよみました」彼「面白いかの」「面白いですが、不讃成な所もあります」とよせばよいのに、勝手な事を云って、「何ならジョリベ教授の本を貸して上げましょうか」と云いますと「結構じゃ」と答えました。所が一昨日、私の責任者であるイエズス会の修道士の方が来られて「ポールは幸福だな。毎日ジョリベ教授と話が出来て」と云われるのです。私はびっくりして「へっ! ジョリベ教授がここに」ときますと何とあの神父様がジョリベ教授なんだそうで。その人に向って「ジョリベ教授の本を貸して上げましょうか」と云ってしまった。ああ、何と云う失敗を又してしまったろうと、その晩は首をちぢめて食堂にはいり、「あなたはジョリベ先生ですか」ときけば「ウイ」穴があればはいりたくなりました。

段々わかったのですが、この神学校にはジョリベ先生を始め、かくれた大学者が沢山いられるそうで、いつも私の部屋に来てVous permettez（註・失礼しますよ）とか何とかいって、ぼくのベッドに横になって話をし、この間送っていただいた日本のかきもちを

「très sec」（註・乾き切ってますな）とか何とかいいながら半分以上たべてしまった神父さんは大数学者なんだそうです。兎に角、可笑しな所に住んでしまいました。

会話も大分進歩しました。ルアンでは別に個人教授にはつかなかったのですが、ここリヨンでは個人教授をうけようと（私は発音がわるいので）大学に申込みに行き「男学生より女学生の方がいいです。女学生の方が親切だし発音がきれいですから」とうまい事云ってかえりましたら、先日一人の女学生から手紙をもらい「早速、フランス語を教えます」と云うのです。私はその日は、大いに張りきって、ひげもそり、ポケットからハンカチもだし、大いにおしゃれしてその女学生と会うべく大学に行き待っていますと、この娘さんはアイスクリームが大好きで、どんどんアイスクリーム屋にいき、アイスクリームをたべて、お金は私に払わせるのですからやりきれません。然し、親切な人で、発音は実にきれいです。

この間ルアンから自動車で南仏までロビンヌ家の子供さん達と旅行した時、シャルトルで一泊、ミサにあずかりました。シャルトルのカテドラルのビトロオの絵葉書おうけとりになりましたか。

ドイツのお宅は必ずおたずねをします。色々くるしい事もありますが、私は神経質の割に陽気な方ですから、愉快にやってきましたし、今後も愉快にこの国で◯◯（註・原稿不明）れるでしょう。又かきます。

周

同封のは日本の新聞にのったぼくのフランス便り。

（それから母に岩瀬にあい、託されたものたしかにうけとりましたと伝えて下さい）

※参考　**ペトロ・ヘルツォグ（ペーテル・ヘルツォークとも）一九〇五〜一九九六年八月**

ドイツ・アーヘン生まれ。カトリック司祭。のちに還俗（文末で詳述）。ファルケンブルク大学から大学院へ進み、哲学博士になる。一九九三年、司祭に叙階。

**一九三五年**　来日。二年後に渡米。フォーダム大学大学院・法学研究科へ（一九四〇年修了）。

**一九四〇年**　再来日。宝塚市小林の聖心会修道院で遠藤郁と会い、郁の精神的指導司祭に。

**一九四一年**　上智大学教授に就任。この年、周作も上智大学予科に入学（翌年退学）。

**一九四八年**　日本語版「カトリック・ダイジェスト」（東京都新宿区）編集長に就任。慶應義塾大学文学部を卒業した周作は編集を手伝う（兄・正介も編集委員に）。

**一九五〇年**　周作がフランス留学すると、母・郁は新しく出来たカトリック・ダイジェスト社のビルに移り住み、編集顧問に就任した。周作の連載稿「赤ゲットの仏蘭西旅行」もこの母のもとへ送られた。

ペトロ・ヘルツォグ神父については、これまであまり語られていない。理由の一つは、周作が留学から帰った一九五三年の終りに、神父と郁が口論し、その直後、郁が自室で脳溢血をおこして死去したことにある。これによって「カトリック・ダイジェスト」誌は終刊となったが、口論の原因については明らかにされていない。

もう一つは、神父の還俗の問題である。郁が没した翌年、神父は上智学院の修道院長と、上智大学学監を兼務するようになった。そして一九五五年、周作と岡田順子の結婚式の司式をつとめている。五七年からは新設・法学部の学科長代行も兼務していた。しかしこの頃、神父と秘書の女性との関係が周囲の人びととの間で噂となった。この秘書は、周作の母方の従《い》兄弟《とこ》と離婚し、その後「カトリック・ダイジェスト」誌の事務を手伝っていた。神父と秘書の噂は、もちろん周作と順子の耳にも入った。そのため結婚式の司式を頼むことを躊躇ったと、のちに順子は語っている。

結婚式の二年後、神父は突然に失踪する。上智の教授を退職し（一九五七年九月）、イエズス会も脱会した。しかしその後ヘルツォグはその女性と結婚し、翌年には日本へ帰化して「星井巌」となった。一九五七年、正介（周作の兄）の尽力で富士銀行、安田信託銀行に八二年まで嘱託として勤務する一方、「曲解された日本国憲法」（一九八〇年）や、英文による文明批評等の著者としても知られた。一九九六年、脳梗塞のため九十一歳で死去。ちなみに、遠藤周作の死去はこの一ケ月後であった。

遠藤作品では、たとえば「影法師」（一九六八年）にこの神父をモデルにした人物が登場する。「僕」と「母」との信仰を導いた司祭でありながら、女性と関係して教会から破門・追放された神父を「貴方」とした、手紙形式の短篇である。だがこの作品をもって、ヘルツォグという人物の人生を類推するのは、「小説を実際の人生に結びつけてはいけない」という文学の〝暗黙の約束事〟に反することだろう。

**一九五一（昭和二十六）年　二十八歳**

三月、アルデシュ県（リヨンとマルセイユのほぼ中間）のフォンスへ行く。大戦中、ナチスに協力した同胞を虐殺して捨てたという井戸を訪れ、「群像」へ送るエッセイを書く（のちに小説として「フォンスの井戸」と改題）。この月、原民喜の自殺の報せと遺書が届く。八月、F・モーリヤック『テレーズ・デスケルー』の舞台となったフランス南西部のランド地方を徒歩旅行。そのあと、カルメル会で修行中の井上洋治を訪ねる。この年の終りから血痰の出る日がつづく。

〈この年、日本へ書き送った原稿〉

「恋愛とフランス大学生」（「群像」二月号）、「フランス大学生と共産主義」（「群像」五月号）、「フランスの街の夜」（「カトリック・ダイジェスト」八月号）、「フランスにおける異国の学生たち」（「群像」九月号（のちに「フォンスの井戸」と改題）、「赤ゲットの仏蘭西旅行」（「カトリック・ダイジェスト」十一月〜翌年七月）。

## ベルナノスの少年時代を探る

日付なし　29 Rue du Plat Lyon リヨン、ルー・ドゥ・プラ29より

上智大学ヘルツォグ神父宛　※一九五一年三月頃。

先日、糸子さんから、亦母《また》から手紙をもらった後、すぐ返事をかく暇もなく、旅行に出かけました。昨日夕方、リヨンにかえったら、Petit Guide culturel 二冊が届いていました。きっと、神父様の御配慮であろうと思い、本当にうれしう御座いました。この本は早速、いい送り物（特に日本にいかれる事にきまった二人の仏人司祭）になると思います。甚だ恐縮ですが、もう一、二冊、お送り下さいませんでしょうか。大変結構な本なので。

旅行はまず、南仏をずっと、南に下り、アルデッシュ県を歩きました。三月の終り、だったのですが、南フランスは、日本の九州の気候、小川の水がなまぬるみ、ポプラや橡《とち》の芽がみどりがかり、梅や桃の花々が、畠に咲き乱れて、全く日本の春のようでした。丁度

フランスは、全鉄道のサボタージュで汽車の便が全くわるく私は牛車にのったり、徒歩であるいたりして、やっと、Valence から十里位山にはいった避暑地の Vales-les-Vins にたどりつき、此処で四日間をすごしました。近頃安物のカメラをかったので、写真をぱちぱちとっています。

それから、鉄道サボが終ったので、汽車に再びのって、北上、オルレアンに近いブルジェに参りました。何故ここに来たかと云うと、神父様、御存知でしょうが、此処には、シャルトルと並び称されるカテドラールがあり、その中世時代の色硝子窓（Vitraux）が素晴しい。幸い私は、此処の司祭の御厚意で、普通の人はみられない、屋根、塔、シャルルマーニュ帝の閉じこめられた部屋まで、はい上り、望遠鏡をもっていって、色硝子窓を丹念にみることが出来ました。空中、二百米の塔を上っていたら、きっと十五、六世紀に修理した際、置き忘れたらしい、硝子や像が捨てられてあったので、こいつは珍品と、失敬してかえりました。警察にみつかったら牢屋にぶちこまれるでしょう。それを丁度、此処に来ていた、フランス人のイエズス会の司祭に話したら、ひどい神父さんがあったもんで、翌日、ぼくと同じ塔にはいあがり、聖人像の上半身と、スバラシイ色硝子をチョロマカしてきたのには全く驚いてしまいました。だから、フランスという国はいいですな。

さて、此のブルジェにきたのは、もう一つの理由があったのです。それはあまり知られてないですが、ジョルジュ・ベルナノスが此処の小神学校の生徒であった事。又ブルジェから十里はなれた所には、彼の墓、彼の代々の家があるわけです。「田舎司祭の日記」はこちらでは映画化されて、今、ベルナノス熱は大変ですが、こう云う事はフランス人も知らない。私は、バスにのって、みなから見捨てられている寒村の墓地に、小さく埋まっているベルナノスの墓まいりをし、その家をたずね、あれこれ、彼の小説の背景を夢想しました。それから、きっと、ブルジェには、彼の小神学生時代の友だちが、先生がいるに違いないと、色々しらべてみると、同時《ママ》の作文の先生が、まだ生きていました。早速、その人をたずねて、色々話をしましたが、彼の説によると、ベルナノスは同時《ママ》全く、無秩序な生徒で、ウスギタナク、首のうしろなんか、アカだらけであったそうです。ぼくだって首のうしろにアカをためている点は、ベルナノスにまけぬ故、彼と同じように天才であったのかなと考えました。この先生は私の熱意にうごかされて、ベルナノスの少年時代の写真をくれましたが、この写真はどのベルナノス文献にもありません。貴重なものです。

所で、万事がこのようにうまくいくので、すっかり得意になった僕は、ブルジェ旅行の華をかざるため、今は女学校になっている、同時の小神学校をたずね、「私は日本のベルナノス研究家だから内部をみしてくれ」とたのんだが、この女学校なかなかケチで、今日から授業が始っているからと云って見せてくれないのです。で、ぼくは、女学校の裏の崩れた壁をはい上り、ひそかに中にはいって気づかれぬように、あちこち、写真をとり始めました。一九〇五年に国家がこの学校をかって、全く反カトリックの女学校にしてしまったのだそうです。ベルナノスの遊んだ運動場や散歩道をひそかに歩きまわり――それから、全くMalgré moi（註・そのつもりもなく。意に反して）で、ひっそりとしたある建物にはいったのです。所が不幸にもそれは女学生たちのベッド・ルームであったのです。こりゃ、いかんと思った時――全く不幸にも――、鼻に大きな眼鏡をかけた背のたかい女先生が、私をみつけたのです。彼女は全くおどろいた。そうでしょう。男人禁制の女学生寝室に、男が、しかも髪の黒い、黄色人種が、カメラをさげてウロウロしていたのですからね。彼女は虎のような悲鳴をあげ、Qui êtes vous? Qu'est ce que vous faites ici（註・誰よぉあなた？　ここで何してるの）と私をこづきまわした。弁解しても相手はわかりません。私を狂人か泥棒か痴漢と考えたらしいのです。この騒ぎで、女学生が集ってきて、キャー、キャーという。小使がくる。私はベルナノスがこの学校の生徒だったというが、女学校にベルナノスがはいるか、と信じてくれない。もうすぐの所で警察につれていかれるのを、一生懸命あやまりました。女学生は紙玉をつくって私がにげていくのに投げつけた。文学研究も余り熱がはいるとこういう結果になるとつくづく思いました。そこで早速リヨンにかえってきたわけです。では、今日はこれで。みなさま、よい復活祭を送られた事と存じます。

周作

同封の写真は、私の部屋にて。

また同封のフランスの春のスミレは、ブルジェ近くのジョルジュ・サンドの家の庭に咲いていたもの（このスミレは糸子さんにあげて下さい）。

**一九五二（昭和二十七）年　二十九歳**

四月、春休みをイタリアとの国境が近いアルプス山脈の麓・ソリエール村に過ごす。六月、ふたたび血痰。そのため九月までスイス国境近くのコンブルー国際学生療養所で過ごす。九月下旬にリヨンへ戻るが、またも喀血し、十月、パリの「日本館」に移った。大学には通わず、勉強会グループにだけ参加。十二月、肺に影が発見されてパリのジュルダン病院に入院。帰国を覚悟する。

〈この年、日本へ書き送った原稿〉

「テレーズの影を追って――武田泰淳氏に」（「三田文学」一月号）、「フランスの女学生・俗語」（「群像」三月号）、「ボルドオ」（「群像」八月号）。

## 母への気遣い、そして帰国へ

一九五二年　コンプルー国際学生療養所から、新宿区カトリック・ダイジェスト社・遠藤郁宛　※八月七日か。

母上さま、御心配をかけたようで恐縮して居ります。然し心配御無用。

① 小生の体は殆ど快復、ノールマルです。第一、小生が現在いるのはサナトリウムや病院ではなく、勉強疲れの学生が体力快復する山荘なのです。

② 従って小生は全く普通人と同じ生活をする一日、午後二時間のヒルネ以外、ギムなし。散歩をし、本をよみピンポンをし、ダンスをする——全く怠けほうけた生活を久しぶりにやっています。

③ 一寸疲れやすいだけ、何もなし、心配無用。

---

次に内村氏（註・内村直也、劇作家）ご承諾の由、本当にようございました。原稿料は内村さんには、千五百円は普通でしょうが、カトダイが経済的にくるしい（カトダイのみならず、今、日本の出版社の全ては、千円以上の稿料をキチンと払えるのは稀です）事をよ‖

く説明申し上げて、千円だけお払いなさい。わかっていただけると思います。又、氏には毎月、雑誌、お手紙を頂戴しております。それもよく御礼申上げて下さい。

②サド《ママ》侯爵夫人ありがとう。折があったら同式場先生の「愛の異教徒」（註・式場隆三郎『愛の異教徒――マルキ・ド・サドの生涯と芸術』（綜合出版社　一九四七年））をお送り下さい。

③二〇〇ドルとやらはまだ頂いていません。赤ゲットの時もそうでしたが、そちらで送って、こちらで受け取らなかった事、二回ありました。どうも不思議です。㋑もう一度、発送の日本の銀行を調べて下さい。㋺その小切手を支払うアメリカの銀行に問合わせ、もし途中（郵便局その他）で盗まれているようなら、小切手の無効を至急通知しなければいけません。

④小生の帰国後の進退について色々御配慮恐縮しております。勿論、小生としては悦んで手伝いはさして頂きますけれど、

㋑小生より、他の今まで御協力された人たちの御意見、御気持ちを考えずにきめてよろしいのでしょうか。

㋺唯、小生が編集させて頂くとすると、日本の執筆家に半分以上書いてもらう事、フランスの二つのざっし（いずれも小生が翻訳権所有）と協同する事になりますが、それでもよろしいか。つまり、雑誌の目標が、日本の事、日本人の問題を中心にする事にな

ります。又、小生は現在、二つのフランス雑誌の翻訳権を持っているので、その雑誌の翻訳ものせる事になります。

㈧　又、学位をとらなければいけないなら、今の所、御返事できません。体力が現在、学位論文（博士号）をとるだけ、快復してなく、日本にかえってから論文をだすようになるかもしれませんので。

㈡　小生は来年、春（三月出パンの船）かえるつもりです。それでは遅すぎるでしょうか。

以上の四条件が差仕《ママ》えないなら、悦んでカトリックダイジェストのため働かして頂きます。この点、御事情を考慮され、神父さまと御相談の上、御返事下さい。又、その点、いろいろ考えて下さって本当にありがとう。兄貴夫婦、子供に手紙くれるように。暁子さん、よし子さん、どうしてますか。

周作

（別の小さな紙片に）

姉上に

体は殆どよくなりました。ケンやアユ、アミ（註・アユの妹）にB．B．Cをする事は絶対必要です。ぼくは幸い軽かったからよくなったが、健康何より第一としみじみわかりました。今年のフランスは暑い暑い暑い。巴里にはもうだれもいず、みなアルプスにきます。

アニキに
大阪に栄転したそうでおめでとう。ぼくがかえっても東京にいないわけですね。勿論すぐ大阪にあそびにいって、二、三ケ月は居候さしてもらうからどうぞヨロシク。一向に手紙をくれんが、一通ぐらい下さいよ（姉上はくれる）。ケンやアユ、アミの写真、送って下さい。でないとおみやげかってかえらんぞ。

周

**一九五三（昭和二十八）年　三十歳**
一月八日、帰国のため退院。二年半にわたる留学を中止し、パリからマルセイユへ列車で移動する。同十二日、日本郵船「赤城丸」で出港。

【後記】本書に収録された手紙は、二〇二四年に遠藤周作の兄・正介氏のご遺族から、遠藤龍之介氏（遠藤周作ご長男）を通して、長崎市遠藤周作文学館へ寄託される書簡の一部です。公開に先駆けて、うち五通を年代順に掲載しました。なお、各書簡のあいだに置いた略年譜は今井真理氏の作成したものを参考に、またヘルツォグ神父に関する記述の一部は『遠藤周作事典』（二〇二一年　鼎書房）を参考にしました。

（註および解説／加藤宗哉）

Ⅲ

# 戦後文学と倫理

## I

戦争が終った翌年の昭和二十一年はまさしく日本文学にとって新しい花が咲きはじめたかの感があった。官憲による長い言論統制と圧迫が解かれると同時に、文壇もまた久しぶりに活発な活動を示しはじめた。あの暗い苦しい戦争の間、文学はほとんど日本に存在せず、わずかに形をとったものも政府と全体主義との御用文学にすぎず、鑑賞に耐え得る作品はまれにしかなかった。

その戦後の文壇に突然、進出してきたのは老大家や旧人ではなく、むしろ従来、名前を知られなかったような若い作家であり、若い批評家たちである。

若い批評家というのは、主として、『近代文学』誌を中心とする三十代の人々であった。荒正人、佐々木基一、平野謙、本多秋五、埴谷雄高らがこれである。これらの批評家がつくったこの『近代文学』誌は、同時に新しい戦後派作家——武田泰淳、野間宏、中村真一郎、梅崎春生、三島由紀夫、椎名麟三らを同人に加え、柔軟な幅の広い文学活動を示しはじめた。実際、この雑誌が若い青年に与えた魅力ははかり知れないものがあり、当時、学生であった筆者も毎日、この雑誌を手にした時の新鮮な喜びや感動を今も忘れることはできない。

この評論は紙数も限られているし、戦後文学の詳しい展望図を書くためのものではないから、私はここでこうした『近代文学』誌に育った戦後派作家の功績を簡単に述べるつもりである。

戦後派作家が次の世代であるわれわれに新鮮な魅力と希望とを与えた最大の理由の一つは、彼らが少なくとも日本の近代文学にとって宿命的な病症である私小説的伝統や日本的自然主義や抒情的世界を破ってくれると思えたからである。

日本の近代文学が陥った最大の欠陥はヨーロッパの自然主義を我田引水的にとりはじめたところからはじまった。つまり文学とは人間の真実をありのままに描くところにあるという考えは決して間違ってはいなかったが、日本の文学者はこの人間の「真実」を「事実」ととり違えたのである。いいかえれば、人間的真実ではなく生活的な事実をありのままに描くことが文学の使命だと考えたのである。

これはたとえば日本文学に特殊なジャンルとなった「私小説」の場合を考えれば、すぐわかることだ。私小説とはある作家の私的な経験や告白を詳しく描くことであって、実生活の事実がそのまま作品の内容になるのである。そこには実生活の事実から更に人間の本質まで肉薄しようとするものがない。読者の興味も、いわば他人の私生活の内容をのぞこうとする範囲内に限られるのである。

経験の事実をそのまま作品の内容とする「私小説」は、もともと日本的自然主義から発生したものなのだ。人間の「真実」を人間の生活的「事実」と混同した点に由来するものである。

こうしたゆがめられた文学観念が、長い間日本近代文学を意識的にせよ、無意識的にせよ支配してきたため、文学者が本来もたねばならぬ想像力が日本文学者には非常に欠けていた。文学とは、元来現実そのものを描くのではなく、現実を作家の想像力によって新しい本質的な世界に変貌し、止揚すべきものなのに、日本の古い文学者は、この公式さえ認めようとはしなかった。想像力によって書かれた作品はそこにリアリティがないという独断的な考えから、「ニセもの」「ツクリもの」という勝手気ままな批判がなされていたのである。この自然主義から日本の近代文学が始まったため、あのフィクションの無さ、構想力の弱さ、抒情趣味が生れてきたのであり、更に、いけないことは現実をこえた超現実、自然をこえた超自然への志向が閉ざされたのである。

したがって昭和二十一年、戦争が終ってわれわれ若い世代が、新しい作家たちに期待していたことは、彼らの文学がこの自然主義をどう超えるかということだった。少なくともこの自然主義によって毒された旧文学をどのように打破してくれるかということだった。

そして確かに彼ら、戦後派作家も、この期待に応じたのである。たとえば梅崎春生の『日の果て』や『桜島』は現在の彼の作風から見ると非常に肩の張ったものであるが、従来の日本文学にない新鮮な構想力を持っていた。武田泰淳の『蝮のすえ』にはわれわれがかつて知らなかった倫理への追求があった。三島由紀夫のみずみずしい諸作品や中村真一郎の『死の影の下に』には現実世界を超えようとする美的世界や夢の世界への広がりがあった。これらは、すべて日本の自然主義文学が持たなかった魅力をわれわれに与えてくれたのである。

のみならず、彼らを支持した前記の『近代文学』誌の批評家たちの活動も忘れることはできない。これら批評家は昭和初期年代におけるマルキシズム文学運動に深い影響を受けていたが、彼らはその芸術観に幅の広さと柔軟性とを与えたため、テーマにおいては社会革命を描きながら、文学的には古風な、自然主義的形態をとっていた従来のマルキシズム文学にも批判を加えることもできたのである。

おそらく、昭和二十一年から二十五年に至る四年間ほど、日本近代文学が新しい方向と希望とをわれわれに与えた期間はなかったであろう。だが不幸にして、この戦後文学のみずみずしさはあの朝鮮動乱のはじまった昭和二十五年頃から急速にしおれていったのである。社会情勢の変化と同時に、日本の文壇をふたたび、自然主義文学の影響から生れた風俗小説、私小説が支配しはじめ、更にそれは中間小説の多量生産に堕し、現在におけるような刺激文学発生の地盤をこしらえてしまったのである。

私は少し戦後の日本文学についてこの講座の問題とは無関係な角度から語ったかもしれないが、しかし少し考えてみるならばこの日本的自然主義にたいする戦後派作家の戦いはわれわれ基督教信者にも決して無縁ではないのである。なぜならばさきほども述べたように日本的自然主義のなかには真実と事実との混同がある。事実を絶対とする一種の体験主義がある。ここから日本近代文学には悲しむべき一つの欠陥である形而上的感覚の喪失が生れてくるのである。形而上的感覚という言葉が誤解を招くとすれば、現実生活を越えたもう一つの世界への指向、永遠にたいする「あこがれ」といってもよい。日本の文学者は心理の微細な動きを細やかに捕えることには巧みだが、魂の問題には無関心であるのも結局は事実と真実とを混同する彼らの文学観から由来しているのだ。

したがってわれわれ基督者が日本近代文学を読む時、嘆かずにいられないのはその自然主義的な感覚にたいしてなのである。日本のように基督教の伝説のない国にあってはその思想も文学も、基督教にたいして可能性のあるものをまず尊重せねばならぬ以上、反自然主義の旗印を掲げて登場した戦後文学者の活動は、われわれとても支持すべきであろう。だからわれわれは彼らがその後、この自然主義にたいして戦いを続けたか、それとも敗北したかを考えてみる必要が常にあるわけだ。

## II

基督者からみて戦後派作家のうちで特に興味を感じる小説家は、まず椎名麟三と武田泰淳であるといってもほぼまちがいはあるまい。

なぜなら椎名麟三は周知のように、処女作『深夜の酒宴』以来、実存主義やマルキシズムの間を絶えず彷徨したあげく、ついに赤岩栄氏の勧めで新教に改宗した、日本現代文学者にとっては珍しい基督教作家だからである。彼にとって基督教がいかなる影響を与えたか、また彼のうちで文学と基督教はいかなる関係にあるか、われわれの関心をひかずにはいられないのである。

一方、武田泰淳は基督教徒ではないが仏門に生れた作家であり、彼もまた絶えず宗教と文学を念頭において作品を書いている作家である。初期の名作『蝮のすえ』から後期の

『ひかりごけ』に至るまで彼が追求しているものは人間の悪にたいする問題なのだ。その意味でこの二人の作家は『死霊』を書いた埴谷雄高と共に、われわれにはもっとも興味のある戦後派作家だといってよいだろう。

紙数も限られているのでここでは椎名麟三の場合だけを紹介しよう。椎名麟三の小説を読んだ者はその文体が二つの特徴を持っていることに気がつくだろう。第一の文体はかつて野間宏がいみじくも指摘したように対立し合ったものが、互に主語となり述語となり、主文となり返文となっているような文体である。「俺は神を信ずることはできないが、神を理解することはできる」(永遠の序章)

このような対立、矛盾した主語と述語とを含む文体は『深夜の酒宴』から最近作の一つ『美しい女』に至るまで多少の変調はあっても、ほとんど氏の小説や評論にまき散らされているのである。

対立的な文体はとりもなおさず氏の小説世界と発想法を示しているのだ。氏の作品の主題はいつも自由の問題であり、その自由とは何よりも「死からの自由」なのである。椎名氏にとって人間とは、まず、死によって決定された存在なのであり、彼が好んで使った「愚劣なる日常」とか「耐える」とか「永劫の絵」とかいう表現はすべてこの死の必然性の意識にささえられているのである。もちろん、他の戦後派作家のように椎名氏も社会の矛盾や革命の問題に無関心ではなかったが、その時でさえも氏の自由は「階級的自由」である前に「死からの自由」に引きもどされたのである。

――人間が死から自由になった時、革命が真実の、そして唯一の革命となるだろう……人間の物的なものからの解放が同時に死からの解放でない限り、その革命は徒らな悲劇となるだろう。（永遠の序章）

私はこの評論で椎名麟三論をやるつもりはないから、これ以上、椎名氏と死の意識との関係を詳述しないが、先ほどの対立した彼の文体も、結局、この死の恐怖を主語として、それにたいするさまざまのあがきを述語においたところから生れているのである。たとえば「私が英子を愛しているというのは疑いのない事実なのだ。しかし英子への愛に生きぬくことが出来ないこともまた事実なのだ」（赤い孤独者）というなにげない氏の文章も《しかし》と《英子》との間に《死がある限りは》なる言葉を入れることによって、はじめてわれわれに納得がゆくのである。

この死にたいして氏はさまざまな姿勢をとったが、少なくとも氏が基督教に改宗するまでの態度は、結局二つのものに還元されるといえるだろう。第一に、耐えるという受身の姿勢であり、第二は、もっと積極的に死を意識することによって、逆に生の戦慄を感ずるという能動的な姿勢なのである。

だが、これら二つの方法も、つまるところ氏を満足させなかった。人生は彼にはやはり「重かった」のである。

基督教に彼がなぜ改宗したか、椎名氏は明らかには語っていない。だが、われわれにとっては、改宗は氏に死からの自由を与えたことだけは推察できるのである。つまり氏はなによりも復活の意義に関心を抱いたのである。

改宗以後の氏の小説にはたしかに新しい二つの転機がみられる。第一に、人生のすべてのものにたいし「善し」と同意すること、第二は、しかし、そのすべてのものにいずれも絶対的な価値をおかないことである。

――おれは愛や死へ絶対性を与えようとするあらゆる自分の感情や人々の思想をこばむだろう。それがおれのたたかいなのだ。

これが現在の椎名麟三の立場である。われわれは、もちろんこの氏の立場を軽々しく批判することはできないし、また、したくもない。だが一つだけはハッキリと椎名氏にたいしていえると思う。それは氏があまりにたやすく、あまりに無抵抗に流行の思想をとり入れすぎるという点だ。われわれは決して椎名氏の誠実さを疑わないが、氏の中には実存主義も共産主義も基督教も安易に並列されている感があるのだ。さまざまの思想があまりに抵抗なく彼のうちに摂取され得るという事実は、われわれにその思想が本物かどうかを疑わせる場合がある。椎名氏がこのよい例である。実際、彼が最近書いた『私の聖書物語』を読んだ読者は、彼が基督教作家の名に価するか、否かに疑問を感じたであろう。この本の中で基督は神としてではなく、一人のドストエフスキイ的な作中人物以上に取扱われていないのである。率直にいえば椎名氏は神としての基督ではなく、人間としての基督に興味をもったため改宗の形をとったのではないか、と思われる時があるのだ。

のみならず、彼は基督教の伝統のなかった日本の中でいかに唯一の神を見出すかという（日本の基督教作家が、まずぶつからねばならぬ）問題は一度も考えたことがない。この点はわれわれにはどうしても理解できないことなのである。

だが椎名氏の功績はたしかに従来の日本自然主義文学の持たなかった問題性を文学のなかに導入したことである。最初は観念的であった彼の作品も『美しい女』以後は思想とイマージュとのみごとな調和が、はっきりとわれわれにうかがえるのだ。思想小説というものを多く持たなかった日本の近代小説にとって彼の作品は時には図式的であるにせよ、注目すべきであろう。

## Ⅲ

さきほども述べたように、朝鮮動乱を契機として戦後派の批評家や作家の活動は衰えていった。ふたたび自然主義をその根底にもつ戦前文学者が文壇の主流を占め、中間小説や風俗小説が多量に生産されはじめたのである。ジャーナリズムもこうした現象に応じて、真の文芸作品よりは商品となるような作品、つまりベスト・セラーを作家に求めるようになった。

この情けない現状の中で、私たちにまだ希望を与えてくれたのは作家の活動よりもむしろ批評家の仕事であったといってよい。この二、三年前からこうした中間小説や風俗小説や非文学的ベスト・セラー作品のうずまくなかで山本健吉や福田恆存、亀井勝一郎をはじめとして、故服部達や進藤純孝、佐古純一郎のような若い批評家が、「文学とは何か」「芸術とは何か」という根本問題から一種の近代文明批判につながる発言をなしたことは注目されていいと思う。

さきほど、私は触れなかったが、戦後『近代文学』誌に集まった批評家たちは近代というものにある意味で肯定的な立場をとっていた。つまり、彼らは日本の中にはまだ近代的な自我が十分確立されていないところに悲劇があったこと、この近代的な自我を日本のなかに育てあげることを急務とすべきだと考えたのである。

だが山本健吉や亀井勝一郎、あるいは福田恆存のような批判家は前記の人々と違い、近代にたいして、むしろ懐疑的な立場をとった。もちろん、彼らの批判は文明批評というよりは近代文学批判からはじまったことはいうまでもない。

たとえば、山本健吉は『古典と現代文学』の中で、近代文学とは共同体の喪失から生じた各作家の各個性による作品の集積に過ぎぬと述べている。文学が西欧では中世のような、日本では万葉時代のような精神協同体を失って以来、近代作家は読者や社会から孤立した位置で自分だけの個性、独創性、人生観などを強調する作品しか書かなくなった。したがって近代文学においては各作品は各作家のそれぞれの世界の表白に過ぎず、その間にはいかなる連帯も結びつきもない混乱と無政府状態を生んでしまったと彼は嘆いているのである。

エリオットと折口信夫説とを巧みに調和した山本健吉の近代文学観は、ここから芸術と協同体との関係について深い洞察を加えている。彼は柿本人麻呂の長歌を例にとり、文学は必ずしも作家一人の個性や独創性から生れるのではなく、彼がそこに住み、かつ生きる精神協同体とのひそかな協同作業から作られることを指摘した。そしてこのような「古典」時代に比べて「現代文学」は社会から、また読者から浮きあがった地点で営まれていることを批判したのである。

私は今、山本健吉の場合をちょっと紹介したわけだが、福田恆存の芸術論も、亀井勝一郎の「奉仕の文学」という説も立場やニュアンスの違いこそあれ、根本的にはこの近代文学における混乱とアナルシスムとに深い反省を与えたものなのである。

われわれ基督者からみて興味のあるのは、これらの批評家が近代文学批判から基督教に大きな関心をいだきはじめたことである。

それはいうまでもないことであっても、近代文学の混乱とアナルシスムを救うためにはどうしても正統思想とか協同体の再現が問題になってくる。この場合、西欧では基督教が正統思想と共同体の上に大きな役割を果していることはいうまでもない以上、日本の批評家にとって「宗教と文学」の関係の課題は新しい関心をひきはじめたといえるのだ。

もちろん、われわれも知っているように、基督教がそうした文学の上に大きな働きを与えたのは西欧の場合であって、日本では事情を全く異にしている。われわれには地上的なものと永遠的なものとが見事に一致した西欧の中世時代のような時代を持たなかったという悲しみがあるのである。したがって山本健吉がわずかに柿本人麻呂の時代や、芭蕉と俳句協同体のような小さな典型を過去に探さねばならなくなった悲哀もわれわれには十分、わかるのである。そしてまた、福田恆存のようなすぐれた批評家兼劇作家が、作品との協同的な営みを企てて、詩劇に手をそめはじめた理由も、その苦しみもわれわれは理解することができるのである。

けれどもその企てがいかに小さいものであるにせよ、これは日本という現状ではやむをえないことであろう。むしろわれわれ基督者は、こうした優秀な批評家が従来の日本文学者の考えなかった正統思想、協同体の理念をとおして西欧芸術と基督教との関係に次第に注目しだした傾向を喜んでいいと思う。

# 劇の本質とは何か――「文學界」一幕物特集のあいまいさ

今月最大の収穫の一つは二年ちかくに渡って「新潮」に連載された伊藤整氏の「氾濫」が遂に完結したことである。うまいものは後でたべるのことわざどおり、後ほど報告することにして、まず「文學界」の一幕物特集からとりあげることにする。

普通、戯曲や詩は文芸雑誌には歓迎されないようだが、今日ほど劇や詩がわれわれの精神によみがえらねばならぬ季節はない。文学雑誌も多少の犠牲は無視しても詩や戯曲に紙面を割いてほしい。その意味で「文學界」が時々、戯曲や詩の特集をやるのは大変、結構なことだと思う。

ところでこの戯曲特集の作品を読む前に「新劇はなぜつまらないか」と題して山本建吉、飯沢匡、十返肇、江藤淳等の各氏が書かれた新劇批判や注文に眼を通してみることにする。これら四氏の考えには微妙なちがいはあるだろうが、最近の新劇が本質的に重大なもの

――劇を劇ならしめるものを失いつつあるという点では一致しているのだ。山本氏が近ごろの新劇がスペクタクル的要素をとり入れたことを指摘しながら「それはそれで結構だが、しかしそのために本質的な劇的なものを失念するな」と批判し、江藤氏が「かつて新劇と周囲の状況のあいだにはまだ劇があったが、その劇はいまやない」と訴える気持ちにはある共通した願いが感ぜられる。

この願いはまだ十返氏の場合「技巧にこって内容の貧困をカヴァするな」という注文にも通じるのである。

たしかに現在の日本の新劇は劇を劇ならしめるものを失いつつある。これはたんに劇作家や日本の新劇だけの問題ではなく、大ゲサに言えば日本の作家も批評家もすべてが当惑し困っている課題だと思うが、そのゆがみが端的にあらわれるのが劇を本質とする戯曲だといってよい。そういう悩みがあればこそ、小説家が戯曲に手をそめることも良いし、読者もそれを求めるのであろう。

たしかに今度の「文學界」の戯曲特集もこの前の特集よりはよいと思う。回を重ねるごとに長くなっていくのだからこの企ては続けるべきだ。しかし今度の場合も最大の欠点は(前回の特集の時、ぼく自身が同じ失敗をしたことを告白しておいて)各作家が劇というものをどう考えているかがアイマイな点にある。一方では山本氏や十返氏や江藤氏などが劇を劇たらしめるものの回復を注文しているのに、掲載された実作品にはこの回復の方向があまり見うけられないのである。

極端にいえばこれらの作品のほとんどすべては戯曲という形式を借りなくてもすむ戯曲的小説にすぎないか、あるいは従来の日本の戯曲らしさを踏襲した作品だと言ってよい。

一例として武田泰淳氏の「媒酌人は帰らない」を挙げる。この戯曲の主人公は義弟と自分の会社の重役夫人の憎しみの間にはさまって万事をうまく調節しようとする男である。つまり彼はどちらかに賭けることのできぬ、「何も失いたくはなかったため全てを失う」現代人と傍観者との悲劇をはらんでいるのだ。

だがこの戯曲は一見しただけで劇としての要素を二つ失っている。第一は冒頭の主人公の独白から、われわれにはこの戯曲の手のうらがすべて見えすいてしまう点だ。この傍観者の両岸精神がいかなる卑俗な悲劇に終るか、ハナからわかってしまうのである。そのため彼の葛藤は新鮮さを失い、劇として必要な観客の期待も未来に進行する時間の運びも消え失せてしまうのである。

第二の理由はせりふに膨らみがないことと、時として登場人物が本当に対話をしていない点である。戯曲の面白さは違った人間の対話（ディアローグ）によって万事が進行していくことにあるのに、この戯曲にはムダな会話が目につく部分がある。たとえば主人公と主人公の妻はほとんど同質の人間であるため彼等の対話には対話としての面白さがなく、同じ言葉の繰りかえしにすぎないように思われる。これはまことに残念だ。

「森と湖のまつり」を書きあげ一息いれた武田氏にこうした注文をつけたのは申し訳ないが、これら劇としてのアイマイさは他の掲載戯曲にも認められるのであり、ぼくもかつて同じ失敗をしただけに、他の作家にこの点を要求できると思うのである。

# 心理小説の限界点——完結した伊藤整氏の「氾濫」の手法

伊藤整氏の「氾濫」（新潮）が完結した。連載二十一回、枚数にして九百枚に近いと思われるこの長編は武田泰淳氏の「森と湖のまつり」と共に最近の収穫の一つだろう。

この小説はセキからもれる河の水が次第にあふれ氾濫していくように、真田佐平とよぶある化学会社の取締役を中心にして、その家族、その友人、彼らに接近する男女の一人一人に筆を広げるという方法をとっている。

読んでいながら手法的にもぼくらは「氾濫」を感じるのである。

だが、氾濫には今一つの意味がある。主人公、真田佐平はながい下積生活の後、二十年あまりの努力による接着剤の研究で国際的な学者としての名声をえた。更に彼の発明によって会社は利益を得、真田佐平自身も地位と金とを獲得したのである。

だが彼が大きな邸宅に住み、その妻と娘とが物質的満足をえて暮すようになると、今まで本能的に知ることを避けていたものが彼の生活の内側から氾濫しはじめたのである。二十数年来、平凡なつつましやかな主婦にすぎなかった妻も、友人の久我も、戦争中に愛した幸子という女も——いや彼が公私の生活を通して関係せねばならぬすべての人間がその仮面をはぎ、生存競争の本能と肉欲本能をさらけだしてきたのである。人は他人をこの二つの本能以外でしかながめぬことがわかってきたのである。一方、彼自身も同じ本能から妻をひそかに裏切り、自分を裏切っていたのだ。

その時「真田佐平は大きな間違いが堤を破った洪水のように堰きとめる術もなく拡がっているのを感じた。どこかその堤の本当の破れ目をさがして堰きとめねばならなかった」のである。

だがその破れ目を堰きとめる方法はない。あるのは終局に至って真田佐平がつかんだ苦い諦念だけである。

その諦念とは「真実が公然と生きる場所はこの世のどこにもない。人生を組みたてているのはすべて、偽りの表面の約束ごとであり、それらのものは真実が現れると全部崩壊してしまう。虚偽のものの組み合せの空しさの中にいてそれに耐えて行くことが生きることだ」という諦念だったのである。

八百枚にちかいこの小説をぼくらは一気に読むことができる。ぼくらは伊藤整氏が人間の裏側を舌でなめずりまわるのを感じる。実際、なめずりまわるという形容以外には感ぜられぬほど、氏は実に執拗に登場人物の心理だけを舌にからませていくのである。

だが読み終ったあと、なぜか暗い大きな穴が眼の前に広がるのを感じてしまうのだ。それはおそらくここに出てくるすべての人物が（エレベーターボーイや自動車運転手に至るまで）すべて心理的な観点から、すべて人間エゴイズムからしかとらえられていないためかもしれぬ。ぼくはこの小説が伊藤氏の傑作のみならず、最近の大きな収穫であることを疑わない。だがそれを前提として同時にこの小説には西欧的手法をとり入れた日本の心理分析小説の限界があることをなぜか感じるのだ。人間の内面をとらえる小説方法は心理という領域のもっと奥底にもう一つの領域を発見することはできないのか。

その新しい人間の内部領域を発見しなければわれわれは同じことをいつまでも繰りかえさねばならぬのである。

「氾濫」について枚数を少し費したから他の印象に残った小説をあとにして、興味ふかく読んだ評論として平野謙氏の「日本のテロリスト」をあげておきたい。江口渙氏の「続わが文学半生記」に描かれた古田大次郎、中浜鉄、村木源次郎、和田久太郎等、一九二〇年の日本テロリストがいかに思想的基盤のない日本的な感性に支配された行動家であったかをみごとに分析したこの読みごたえある評論は、われわれに今日の日本革命家のプロトタイプを考えさせるのだ。

この評論のあと、同じ雑誌にのっている党から非合法的傾向を裁断されてその矛盾に苦悩する青年を描いた小林勝の「訪問者」(これは小説としてはもう少し熟させるべきだった)をぼくは興味ふかく読んだ。

# 新人作家の評価——面白く読んだ小島信夫氏の二作

小島信夫氏は今月もアメリカ留学生活を材にして「贋の群像」（新潮）と「異郷の道化師」（文學界）の二作を発表している。

前者は米国に留学している日本人留学生たちの白人にたいする見えざるコンプレックスをさまざまに描き分けた作品だが、これよりもぼくには「異郷の道化師」の方がはるかに良く面白く思われた。

アイオワ州の農家に泊らされた日本人の学生が彼のあずかりしらぬ福音主義教会とかメノナイト教派とかをそれぞれ信じている二家庭の対立に巻きこまれてしまう。その上、彼は自分がこれらの家庭で厄介者かもしれんという不安にたえずおびえている。英語をしゃべればそれは子供そっくりの表現になるし、そのために周囲の米国人から子供あつかいにされる。

のみならず自分にむけられたこれら敬虔な白人クリスチャンたちの慈善心をどうさばい

てよいのかわからない。

この種のコンプレックスを扱う小説は小島氏独自の世界だったが特に帰国後の氏の作品は作中人物の会話に味をきかせるようになっている。この作品のダイゴ味も一つは日本人留学生と白人たちとの会話にあるといってよい。また結末でこの留学生が彼を追いかけてきた七面鳥にむかってつもる恨みを叫ぶ場面も効果的である。

ぼくはこの「異郷の道化師」を今月の中、短篇の中で特に面白く読んだ。


野田トシコ氏の「かんころめし」は編集部の解説によると昨年度、第二回新人懸賞小説に第三席に残った作品だが、その後、作者の十分な推敲を経て発表したものだそうである。明治時代長崎の近くにある貧農部落では家畜のエサにするくず芋と米をまぜて煮た「かんころめし」を常食にしていた。かんころめしは同時にこれら貧農部落に住む人の運命そのものであり、その飯のかわりにいつも米食をくえることが夢だったのである。こうした背景や日露戦争のころの風俗を器用に織りまぜながら作者はここでも暗い日本の田舎に住んだ一人の女を描いている。

選考委員はこの作品を高く評価し、僕も決して悪いとはいわぬが「たいしたものだ」「大変なものだ」と言われると首をかしげざるをえない。この作品はある意味で「楢山節考」を連想させるが「楢山節考」に落ちること数段である。この作品から日本の暗い原始的世界や日露戦争時代の風俗と、それからまずしい女の運命という手なれたおぜんだてを除くと、あとに新鮮なイメージが幾つ残るだろうか。「かんころ飯」と「白い飯」という日本的な世界を象徴するイメージもすでに古い。こういう作品は素人でも老人になり手なれれば、案外、書くことができるものなのである。

作品そのものは悪いとはいわぬが、これが新人作家として「たいした人」ならば大江健三郎のような新人作家が出る必要はないであろう。

井上靖氏の「楼蘭」（文藝春秋）は久しぶりで井上氏の佳作を読んだようで楽しかった。紀元前一三〇～一二〇年のころに起こり、紀元前七七年に滅びた楼蘭とよぶ一小国の悲劇的な運命を描いたものだが、これは言うまでもなくかつての佳作「漆胡樽」や「玉碗記」などと同様、作者の詩情と歴史趣味がみごとに調和した作品だといえよう。

その他、印象に残った作品として大江健三郎氏の「暗い川おもい櫂」（新潮）耕治人氏の「すみ鼠」（群像）などにもふれたかったが紙数もつきた。

なお、まだ連載中だが北原武夫氏の評論「告白的女性論」は今月も大変、面白く読んだ。

## ぐれん隊的匿名評

「石原慎太郎という作家の小説は二つ三つしか読んだことがない。だがこの『渇いた花』は期待をみごとに裏切ったオイチョカブ小説、一席のおそまつ。このいい気な粗雑さはやりきれない」。これは某有名同人雑誌に載った文芸時評の一節である。

「加藤周一の場合はわざわざフランスくんだりまで出かけていってあこがれのフランス人からスマトラ人か何かみたいにあつかわれて初めて眼から鱗がおちたのだから……」これはかなり有名な詩誌の匿名評の一節である。

こうしたアクドイ批評の表現がちかごろいかに多く眼につくことか。筆者は決して石原の肩をもつわけではない。しかしなぜ「石原慎太郎の小説は」と素直に書かずに、わざわざ「石原慎太郎という作家の」と小バカにしたような書き方をする評者の心理がわからないのである。「オイチョカブ小説」だの「一席のおそまつ」という言葉を殊更に使う必要が本当にあるだろうか。石原の「渇いた花」がつまらないならつまらない理由を堂々と説明すればそれでよいのである。

加藤周一にたいしても同じことがいえる。筆者は加藤とは別に個人的な面識もないが、彼のことを「スマトラ人か何かにあつかわれて」とわざわざ言う心情を下劣だと思う。加藤の考えを批評するなら批評するで、決してこんなぐれん隊のような言葉を使う必要はどこにもないのである。

これは同人誌だけではない。近ごろ、文芸雑誌の匿名批評にも往々にしてこのような不必要なアクドい表現を見ることがある。筆者は決してＰＴＡ的な立場や紳士ぶってこのようなことを言っているのではない。匿名批評はもちろんくだけたものであろう。だがくだけ方にもやはり心得がなければなるまい。おたがいに自戒したいものである。

## 映画と文学の間——「沈黙」の原作者として

正直言って篠田正浩氏が「沈黙」を映画化したいと言われた時、私は多少の危惧を感じた。もちろん、私は映画監督としての篠田氏に信頼と敬意とを持っている一人であるが、「沈黙」が映画になりにくい作品であることは作者である私自身が一番よく知っていた。その理由は三つある。

第一に、かつて文芸作品を原作とした映画はほとんど失敗しているように思えたからである。第二にこの作品は何といっても切支丹時代を背景として基督教という日本人には縁遠いテーマを扱っているだけに、わがままな小説作品ならばとも角、いかに独立プロの作品とはいえ観客を集めねばならぬ映画作品としては不向きなのではないかという気持があったためである。そして第三には——これはもっとも私の危惧した点であるが——切支丹時代の踏絵を中心として、私のいろいろな思念をそこに結集した作品が篠田氏にとってどれだけ映画化せねばならぬ彼自身の問題と結びあっているのか、わからなかったからである。

のみならず、私はこの小説が文学としては劇を成立させるが、語るよりは見る映画のなかではその劇が消滅してしまうのではないかという不安もまじっていた。事実、私はこれを演劇にするため戯曲「黄金の国」を書いたことがあったが、その時、小説ではある程度の枚数を使って書いた踏絵を主人公が踏む心理が戯曲では一瞬で終るのに当惑を感じた経験があったからである。

それにたいし篠田氏は自分は基督教から縁遠いが、この小説にある裏切り、転び（転向）の問題、そして日本の泥沼のような風土というテーマは彼自身にも切実なことだと説明してくれた。そしてその他の私の不安にたいしては絶対、自信があると語った。

私は彼の言葉を聞きながら次第に次のように考えるに至った。「沈黙」という基督教をテーマにした作品が基督教とは縁遠いと自称される篠田氏によって、どう読まれたか――それは同時にこの作品を手にした多くの読者がどう読んでくれたかを示すものにちがいない。そこに作者の意図とはズレがあり、誤解があったとしても、それはこの作品の読者における運命を示すものかもしれないと、思いはじめたのである。そしてまた、自分の原作を映画化するために篠田氏のように個性ある監督にまかせることは、ちょうど自分の娘を他家に嫁がせるのと同じであって、他家の家風と自分の家の家風がちがっていても、とやかく言うべきではないと考えもしたのだった。

にもかかわらず篠田氏の注文で私がシナリオの初稿を書くことを承諾したのは自分の大事な娘の行末がやはり気がかりでたまらなかったのにちがいない。初稿はできるだけ原作に忠実にしたが、それに娘ムコというべき篠田氏が手を入れた。その主なものは、原作にない場面、若い切支丹武士夫婦のうける拷問場面と、転んで生き残ったその妻がラストで主人公ロドリゴに抱かれる場面である。したがってこの映画の前半は（はじめの朗読を除いては）私のシナリオにほとんど忠実だが、後半には篠田氏の息がかかっていると考えてくださっていい。

この映画は資金ぐりの問題などで、主役の英国人俳優ランプソン氏を英国から招いたあとにも一時、挫折するという状態になったのだが篠田氏とマコ岩松氏との頑張りでやっと撮影にこぎつけた。原作者としてはそこまで熱意を注いでくれた両氏やスタッフに感謝を禁じえなかった。

八月の暑いさかりに撮影が終り、九月にそのラッシュを見た時、私と篠田氏との間にちょっとした論争があった。娘の父親としての私がラストの主人公ロドリゴが死んだ武士の妻を抱く場面はカットしてくれないかと言うと、篠田氏はこれはカットできぬと言った。私はシナリオで篠田氏が加筆した時、この部分を、武士の妻が母なる宗教としての「母性」を象徴するものであればという条件で妥協したのだが、ラストの部分に母性を感じなかったからである。娘が嫁いだ他家には口だしないつもりの私がそういう口をだしたのも、この映画が自分でも納得できるものであってほしかったからだ。

しかし、ともあれ、ラッシュを見て、私は篠田氏の力に今さらのように感心した。先にのべたところの他に難をつければ、映画中拷問場面が息つく間もなく連続するのは緩急を交互にという私の「沈黙」における小説方法に反する。拷問場面があまりに連続すると、それは見るものをいたずらに疲れさせ最後の主人公のうける哀しみに感覚が麻痺するからである。

にもかかわらず、この前半のカメラの素晴らしさにも目をみはる心地がした。水磔《すいたく》の場面や主人公が大村につれていかれる場面は原作者が小説を考えている時、脳裏にあったものとほとんど一致していた。

私と篠田氏との意見が分かれた部分については、これを見てくださった人によって意見もかわるだろう。三日封切されるこの映画をごらんくださって、その点をも考えて頂けば面白いと思う。

# ホーホフートの「神の代理人」を見て——描き足りない法王の内面的苦悩

## ケレン味ない演出

第二次大戦中にユダヤ人の大量虐殺がナチ収容所で行なわれている時、ローマ法王はなぜ沈黙していたのかというテーマを扱ったホーホフートの「神の代理人」を民芸の公演でみた。

私は渡辺浩子さんの演出と安部真知さんの装置に感心した。演劇の世界では今後、女性の演出家が大いに活躍されるだろうが、渡辺さんと劇団「雲」の大橋也寸さんはその最も嘱目される人だと聞いているし、素人ながら私もそう思う。ケレン味のない渡辺さんの演出はこの大作と四つにくんで一歩も引かない。

滝沢修氏の演技は言わずもがなだが、ナチ親衛隊に属しながらユダヤ人虐殺を教会に訴える中尉役の垂水悟郎氏やイエズス会修院長の下条正巳氏、それにユダヤ人の一人を演じた佐野浅夫氏が特に印象に残った。

本当は九時間もかかるこの劇は、そのままでは上演不可能だから、外国でも日本と同じように三時間に短縮して演じたらしい。そこで原作戯曲のどの部分をカットするかは、もちろん演出家の立場と考えによってそれぞれ違うのだから、たとえば独逸ベルリンの初演ではマルキストのエルヴィン・ピスカトールの演出で反カトリック的色彩がつよく出されたのにたいし、巴里ではドイツ人の罪悪が前面に出てユダヤ人救済にカトリック教会が加わったことが強調されたと聞いている。同じ戯曲でありながら、演出家の考えでこのように百八十度の主張のちがいが出るというのもこの戯曲の性格なのかもしれぬ。

そうすると渡辺さんのカットは原作者の立場をそのまま素直に出しているし、殊更に戯曲を歪曲していないし、また、通してみていても無理を感じない。

ただこう言ってはホーホフート氏に失礼だが、この大力作の戯曲は人物の彫りさげが単純すぎる。良心的司祭と良心的親衛隊中尉はともかく、教会の要職者はすべて順応主義者か悪玉で、私のように図式的な男でも、ローマ法王の内面はもっと複雑だったと思う。むしろこの戯曲は良心的司祭だけに重点をおかず、法王の内面的苦悩をも彫りさげるべきであり、そうしたならば深味と効果とができた筈《はず》である。

## そのとき法王は……

だがユダヤ人虐殺が行なわれていた時、法王はホーホフートの言うように本当に沈黙していたのか。私はそういう知識はあまりないのだが、上智大学のトーマス・インモース教授の書かれたものによると、法王は一九四一年と一九四二年にわたって「少数民族を公然と、あるいはひそかに圧迫することは許されぬ」というメッセージを出し、ナチのユダヤ人圧迫に反対の意見をのべたし、その後のユダヤ人救済のためにも力をつくし、多数のユダヤ人をアメリカや南米に送り、数千人のユダヤ人を諸修道院にかくまったと言う。「推定、千六、七百万マルクの金がユダヤ人援護に使われ、各地の法王使節は教皇の指示にしたがってユダヤ人追放を中止するように働きかけた」と教授は書いている。

この言葉は現在イスラエル外務省に勤務しているユダヤ人、ラピテ氏の証言にも裏うちされる。それによると一九四二年、イタリーのユダヤ人がポーランドに送られようとした時にこの追放を法王は妨げようと努力して、ローマの信者や教会はこれらユダヤ人をひそかにかくまい、法王庁のなかにもユダヤ人は逃げ場所を提供されているからである。

## 原作者の想像力不足

だが多くの日本人はそれではまだ足りぬと言うかもしれぬ。なぜもっと法王はヨーロッパのカトリック信者を動かし、もっとナチを攻撃しなかったかとホーホフートのように言うかもしれぬ。しかしオランダのカトリック司教たちがオランダにおけるユダヤ人狩りに抗議した時、ナチはすぐに復讐の手段をとった例をここで思いださねばならぬ。すなわちこのカトリック側の抗議がなされると、ナチはユダヤ人カトリック信者をいの一番に収容所に送りだしたからである。これにたいしプロテスタント側は公けの抗議を控えたので、プロテスタントのユダヤ人の収容所送りは中止されている。その事情を考慮しないで法王のナチスへの抗議事情を一面的に論ずるわけにもいかないだろう。この事情はジュネーヴの赤十字も同じであって、ジュネーヴの国際赤十字委員会がユダヤ人殺害に抗議することを結局しなかったのも、そうすればヒトラーがジュネーヴ協定を破棄し、そのため赤十字が独逸占領地域における難民、抑留者にたいする「すべての活動を停止しなければならなくなる」ことを考慮したからである。

以上のことを考慮しないでも、たとえホーホフート側にたったとしても、ローマ法王の立場はもっと複雑であり、その内面は劇に描かれたように単純なものではなかった筈であることは、遠くに住む我々日本人観客にも想像できることだ。

渡辺さんの力のこもった演出、安部さんのすぐれた装置、そして民芸の俳優の好演にもかかわらず、この劇が我々にもう一歩、訴えてこないのは、このローマ法王の描き方がまるで悪代官さまのようにしたホーホフートの想像力不足によるのであろう。

# 佐藤愛子『女の学校』を読んで

佐藤愛子さんの本を批評するのはムツかしい。私は彼女の友人だからである。ほめれば世間は八百長と考えるであろう。のみならず佐藤さん自身が、それを私の友情の押売りと怒るにちがいない。けだし彼女はそういう人間関係のベタベタを嫌うからである。だからと言ってケナせばもっと大変だ。彼女は激怒するからである。ああ、私はどうしたらいいのかわからない。

困《こう》じ果てた私はこの「女の学校」を三人の人に読んでもらい、その感想を短く書いてもらった。

そしてそれをここに紹介して書評に代えることにする。

「佐藤先生。私はこの本を読んで腹がたちました。あなたは母であり女でありながら、私たち母と女とが戦後やっと手にした怠けて暮らせる生き方や、女はいつも正しい、世間や男がわるいという私たちにとって有利な処世術をよくもアバいてくださいましたわね。あなたはもう年とって自分で一人立ちできる方だから良いけれど、私たちはこの都合のいい武器を使わねば怠けもできず、楽をして生きられないのです。どうしてくれるのですか」（二人の母より）

「小生はあなたと同じ戦中派の五十歳代ですが毎日、日曜版がくるたび『女の学校』を愛読しました。小生、本書でとりわけあなたが泪を流す場面がよくわかりました。この本は人生の寂しさ、悲しさをやっと知った五十代でなければ理解できぬものがその底に流れています。あなたがただ怒っているばかりの女でないことを我々五十代だけは承知していま す。頑張ってください」（戦中派の男から）

「佐藤先生、ぼくは三十歳ですが先生が少しこわいです。それは先生はあまりに今の男に凜《りん》としたものを求めておられるからです。でも凜としていると今の男は同僚から敬遠され、上役から煙たがられ、女の子からも結局は遊んでもらえぬのです。出世も遅れるのです。先生は明治時代の男、たとえばお父上の佐藤紅緑先生を理想像としすぎるのではないでしょうか」（三十歳、気よわな男から）

私はこの三つの意見のなかで戦中派の男性の読後感に一番、好感をもった。私もこの人と同じ年齢だからである。

## 「テレーズ・デスケルー」を読む

あまりに多くの読者を持っている本だが、不幸にして未読の人のためにこの小説の梗概《こうがい》をお話ししよう。

### 荒れ地と松林と

主人公の女性テレーズはフランス・ランド地方の小さな町サンクレールに育った地主の娘である。留学時代、この小説に惚れこんだ私は夏休みを利用して、そこを徒歩旅行したことがあるが、延々と松の林のつづく荒れ地で、作者モーリヤックの別荘もその一角にあった。そしてこの荒れ地と松の森の風景は彼の心に深い影響を与えたようである。

テレーズは夢想型の娘ではなく現実的な性格だったから、年ごろになると、生活の裏づけのない娘時代に耐えられず、ベルナールという青年と結婚をした。相手はやはり地主の息子でパリ大学の法科を出た、家柄も彼女には悪くない相手だったからである。

だが結婚してしばらくすると、テレーズはこの夫に言いようのない疲れといらだたしさを感じだした。理由は彼女にもわからない。その上、夫には非難すべき何ものもなかった。ごく普通の田舎のインテリで、周りの人と同じような考えを持ち、同じような生活観で生き、みなと同じように日曜に教会に行くような無難な常識人だったからである。そして彼女はそんな彼の順応主義を蔑む気持ちがあったが、それは多くの妻が夫に感ずる当然の感情であって、不幸だと思ったわけではない。

しかし疲れるのである。夫をみていると、くたびれるのである。息ぐるしくなるのである。この疲労感はやがて彼女が身重になると、更に強いものとなった。夏の暑さや身重や閉鎖的な田舎の空気が手伝って、彼女は体が鉛で覆われたような気がした。

このころから夫は太りはじめ、心臓を悪くして医師から一定量の劇薬を飲むように命じられていた。

うだるような暑い夏の真昼、松の森で火事があった。ちょうど昼食をベランダでとっていた夫は遠くの火事に気をとられ、定量の劇薬を二倍もコップの水に入れて飲んだ。テレーズはそれに気づいたが黙っていた。この時、彼女は心も体も芯の芯まで疲れていたからである。

その夜、もがき苦しむ夫を医者がやっと眠らせたあと、テレーズは一人、枕頭《ちんとう》にいたが、ふいに抑えがたい衝動が心の底からわいてきた。その衝動は彼女にも何なのか、言うことのできないものだった。

秋、夫はまた同じ病状に陥った。吐いたものから砒素《ひそ》をみつけた医師は町の薬屋を通して、ほかならぬ患者の妻テレーズがこっそりとそれを注文したことを知った。

妻の犯行を知ったベルナールは愛情のためではなく世間体のために事件をもみ消した。しかし彼は恐ろしいこの妻を町から遠く離れた別荘に住まわせることにした。単純なこの男は妻の犯行を彼の財産をとるためだと考えていたが、釈然としなかった。

だがテレーズ自身にもなぜ自分があのようなことをしたのかわからない。それは彼女の心の底の混沌としたものから出たもので、後に夫に理由をたずねられた時「おそらく、あなたの目のなかに不安と好奇心の色を見たかったのかもしれないわ」と答えるより仕方のないものだった。

あらすじなどどうにもならぬものだが、私なりに右のようにまとめてみた。この小説の面白さのひとつは妻が夫ベルナールにたいして次第に抱きはじめる暗い感情と、その感情が溜まりに溜まって彼女にもわけのわからぬ衝動となってこみあげてくる場面だ。おそらく読者のなかにもご自分の配偶者にたいし同じ気持ちを持たれた人も多いにちがいない。

心の底に溜ったわけのわからぬ感情の集積。それをフロイドは無意識とよんだが、この小説の無意識の扱いかたはフロイド的である。つまり我々が心に抑圧したものが罪の母胎となる考えかただ。これはモーリヤックだけでなく、この時代のキリスト教作家の共通した無意識観である。

キリスト教だけでなく仏教の唯識論なども五世紀のころから我々の心の底には罪業の素になる種子が渦まいて溜るアラヤ識（深層無意識）という領域があると言っている。アラヤとは溜る場所の意味でヒマラーヤ山とはヒマ（雪）が溜っているからそう呼ぶのだ。無意識はフロイド派も仏教もキリスト教も一面では罪業の母胎と扱っているのであり、テレーズ・デスケルーの心も同じ観点から分析できるだろう。

## 仏教の無明世界

この作品はキリスト教作家モーリヤックの傑作だが、日本人になじみふかい仏教的観点から読んでも面白い。仏教には悟りの開けない無明の世界という言葉があるが、この小説は真っ暗なランドの夜を走る汽車のなかでテレーズが過去をかみしめるという構成になっていて、文字通り、無明世界を一駅、一駅、通りすぎる人間の苦しみを連想させる。そして彼女は自分のアラヤ識にまでおり、そこに浄化の光——無量種子を見つけようともがくのである。

小説技術的に言うと「テレーズ・デスケルー」は一種の分身小説である。分身小説というのはジキル博士とハイド氏のように一人の人間のなかに住む矛盾した面の闘いを二人の人物にわけけて構成した小説のことだ。

だからテレーズと夫ベルナールとは一見、別の性格の人間のようにみえるが、熟読してみると夫ベルナールはテレーズの自己嫌悪の投影であったことがわかってくる。テレーズのなかには夫そっくりの俗的な順応主義があり、それを彼女は無意識のうちに夫のうえに投影していらだっていたのである。

だから夫ベルナールはテレーズの分身であり、影である。その証拠には彼女は夫の俗物的固定観念を軽蔑しているが、彼女自身、夫をいつも一方的な目で眺め、その美点に気づかないでいる。

## 正解者に本贈呈

だから私はよく若い読者に、夫ベルナールの素晴らしい点がこの小説に数行だけ書かれているのにそれをテレーズが理解していないのですが、わかりますかとたずねることがある。だから皆さんにも同じ質問をしたい。テキストは春秋社のモーリヤック著作集「テレーズ・デスケルウ」を使っていただき、大変失礼ながら、正解のかたには私の本を贈らせていただくという遊びをさせてください。

むかし先輩の武田泰淳氏に一生かかって取りくむ大作家、大作品をひとつ持てと教えられたことがあった。モーリヤックはドストエフスキーなどにくらべ大作家とはいえず、この小説は傑作だが大作品とはよべないだろう。しかし私はどのくらいこれを読んだかわからぬし、何か別の本を読む時もテレーズと比較して考えることが多かった。文字通り私の愛読書であり、私に大きな影響を与えた小説なので、自信をもって皆さまにおすすめするのである。

# 私のベストワン——十返舎一九の「膝栗毛」もの

性格的に、こういう題名で何か高尚な作品を挙げ、それを語るのは照れくさい。たとえば私が最近最も感動して読んでいるのは井筒俊彦先生の御著作だとか、音楽で聞いてよかったのは遠山慶子と塩川悠子との演奏だったとか、そんな恥ずかしいことは言えないし、短い枚数ではとても書ける筈もない。

そこで気楽な気分で——長い間、愛読してきた本を一冊、あげる。十返舎一九の膝栗毛ものである。膝栗毛ものには有名な「東海道」ものとほかに余り読まれていない「木曽街道」ものがある。

こうした戯作が編集部のお求めになる「芸術」の範疇に入るかどうかわからない。しかし入ろうが入るまいが、少年時代、私が生まれて初めて岩波文庫なるもので読んだのがこの本だった。私は感激した。お笑いになるかもしれないが、こういう生き方があるのかと思ったのである。世間は軍国主義の足音が響きはじめた頃で、社会も学校も少年たちにひたすら糞真面目を要求していた。

それだけにこの面白可笑しい主人公たちの生き方に共鳴した私は学友で同じ気持ちの男を誘って西国街道を京都まで膝栗毛することにした。

しかし小説的現実と事実とは最初から食いちがい、私たちは何の滑稽なことにも面白いことにもぶつからず、ただ暑さに疲れ、汗にまみれて引き返した。

それでもこの本にたいする愛情は決して消えなかった。戦争はやがて烈しくなり、私は東京で吉満義彦先生という哲学者が舎監をされている寮で生活したが、その時、先生からこういう話をうかがった。東大仏文科の渡辺一夫先生が「時には人間を信頼できなくなる時代になりましたが、そういう時、膝栗毛を読みます。すると人間を信頼したい気持ちになります」とおっしゃったというのだ。

私はその話をうかがって、我が意をえた。自分では気づかなかったが、私が膝栗毛に執着してきた根底には、渡辺先生と同じ気持ちがあったからだと知ったのである。

その後、読みかたは、さまざまに変わった。年をとって、この本はたんに滑稽だけではなく、寂しい本だと感じるようになった。江戸に住みつけなくなった二人の男がお伊勢参りをする。とすると、これは都で生きられぬ人を主人公にしたあの「伊勢物語」を通俗化した話なのではないか。「伊勢物語」の哀切さはこの膝栗毛にも残っており特に二人の寂しい放浪は木曽街道のほうに濃く出ている。

そんな読みかたに変わったのもその折々の私の心情の反映と投射なのかもしれぬ。しかし色々な視点の魅力を味わわさせてくれた膝栗毛は私にとって単純な戯作とは言えなくなった。

外国に出かける時、この文庫本を鞄に放りこむ。フィンランドの冬の宿や印度のベナレスの旅館で膝栗毛を読んだ時、日本人の体臭を痛いほど感じたものだ。

# 井筒俊彦――『意識と本質』『イスラーム思想史』『ロシア的人間』

残念でたまらない事がある。それは戦後、私が三田の文学部に進学した時、井筒俊彦先生の御講義があったにかかわらず、無学な私は先生の真価がわからず、講義に一度も出席しなかったことだ。

ただこの先生が数カ国語を自在にこなされる事は知っていた。天才だとか、大学者だという噂も耳にしていた。しかし御専門がイスラーム哲学というので私は敬遠していたのであろう。

御著作の偉大さを知ったのは作家になってからであった。ユングを読みはじめたり、唯識論を嚙《かじ》りはじめてからである。

「ああ、日本にはこういう大思想家がいたのか」

と驚嘆したのを憶えている。

先生と初めて対談させて頂いた時は恐縮して、固くなり、正座を崩せなかったのを憶えている。Y文学賞の選考会の折に文学とは一見、関係のない『意識と本質』を極力推挙したのも、この本の言語アラヤ識（深層無意識）のテーマが文学と大いに関わりのあるためだった。

先生の御著作はどの本も感動を与えるが、この『意識と本質』は言語と、その奥にある無意識的世界との関係をみごとに説明されたもので、再読、三読に価する御労作である。

次に『イスラーム思想史』。我々は残念ながら西欧を通して西欧的思考を多少は知っているが、イスラームについてほとんど学んでいない。そのイスラーム思考の歴史を博学な御知識を通して説明してくださった本である。

三冊目に『ロシア的人間』も忘れがたい。我々が勝手に考えているロシアとは違ったロシア人の考え方がここでは披露されているのである。

とりあえずこの三冊をあげたのは、この三冊が先生の名著だという意味ではない。どの本も我々に感動を与える。

先生の筆は実に深みある内容を我々にもわかりやすく語ってくださる。それが井筒先生の御著作の魅力であることを強調したいと思う。

# Ⅳ

# シナリオの貧困

時々、テレビ・ドラマを見ながら、ああ、良いテレビ・ドラマを見たいと思うことがある。しかし、心から感心するようなテレビ・ドラマにはなかなかお目にかかれない。

私はその方の専門家ではないから、テレビ・ドラマを書く時の制約についてはよく知らないが、はっきり言って、第一にシナリオ・ライターに不勉強な人が多いということは実によくわかる。

文学雑誌ならば、決して掲載しないであろうような人間観察の浅さが、堂々と芸術祭参加作品などと言って出されるのを見ると、このシナリオ・ライターは、もう少し文学を勉強しろ、と言いたくなる場合がたびたびあるのだ。率直にいうならば、テレビ・ドラマを書いている人の大半は、小説でいえば同人雑誌クラスの人なのではないか。もし、そうでないならば、あんな作品が次々と出てくるはずはない。

私みたいな門外漢にも、シナリオ・ライターには、自分の作品に時間をかけられぬ事情はわかっているはずである。生活のためには時には書きとばさねばならぬことも承知している。しかし、一年に一本ぐらいは、本当に腰を入れた作品を書いてみたらどうだろう。人間心理の手あかのついた見かたや観察のしかた、会話の拙劣さ、それに思想的なものを表現しようとする時の未熟さは、ほとんど文学青年の域を出ていない。

こう書けばシナリオ・ライターの方たちのなかには憤慨される方も多いだろう。しかし、胸に手をあてて考えていただければ、あなたたちは自信をもって、これが私の作品ですと、われわれに言えるものを持っていないはずだ。持っている人が、かりにいたとしても、それは少ないだろう。

テレビ・ドラマの優劣は、シナリオによって半分きまる。つまらないから視聴者は見なくなるのである。それが文学的に優秀ならば、次第にわれわれ視聴者はチャンネルをドラマにまわしていくだろう。

私はテレビの人に会うたびにテレビ・ドラマがやがて少なくなっていくという悲観論をきかされる。それならば、そういう事態に追いこんだ責任の一端はシナリオ・ライターにある。あなたたちの不勉強にある。

# 社会戯評的テスト

三月十二日の大雪の日の夜、ＮＨＫで面白いテスト番組をやっていた。それは現在、花嫁修業をしているお嬢さんたちに、家庭の主婦として当然、知っておかねばならぬことをどれほど知っているか、テストする内容だった。

審査員たちは、たとえば次のような質問をだした。

「そのキュウリを使って、キュウリもみを作って下さい」

「一時的な特効ナフタリンと恒久的ナフタリンとがあります。あなたはそれを使って、衣類を保存して下さい」

その他、幾つかの質問が出たのであるが、出場した若いお嬢さんたちは、実にあぶなげな手つきでキュウリをきざみ、そして衣類の中に特効ナフタリンと恒久ナフタリンとを一緒に入れたのであった（同時に入れると効力は全くなくなる）。

「そこに血のついた布があります。あなたは水で洗いますか、ベンジンで洗いますか、お湯で洗いますか」このだれでも知っている質問にも、なんとお湯で洗うお嬢さんもいた。とすると、今の花嫁学校で教える勉強は、ほとんど家庭にはいっても、無用の知識であるということになる。

彼女たちは料理、洋裁、生け花、お茶などを花嫁修業として習っているらしいが、キュウリもみ一つ作れず、ナフタリンの知識もなく、血のついた布をお湯で洗うという始末である。

だからといって、私はこのテストをいやな感じで見たわけではない。司会者も審査員も、テストをうけるお嬢さんも、みんな和気あいあいとしてこの番組をやり、見ていて楽しかった。

番組の前に、どこかのバーの風景がうつされ、そこでおそうざいで一杯やっているサラリーマン氏が「ぼくは新婚ホヤホヤですが、女房は本に書いてある料理しか作ってくれないので、ここでお袋の味をたのしんでいるんです」と言っていた。

この番組（テスト）の面白さは、それがたんにテストにならず、一種の社会戯評の広がりをもっている点である。大変、面白いものとして私はこれを見たのであるが、他局もその場かぎりのクイズだけでなく、こうした社会戯評をふくんだテストにまで、それらを広げたらどうだろうか。

# 危険信号〝惰性で見るテレビ〟

一週間ほど前、アメリカから戻ってきた。わずか二十日ぐらいの滞在で、この国のテレビについて何も言えるはずはないが、ホテルの部屋で時折りチャンネルをひねると、番組のほとんどはクイズか劇かショーか、それに古い映画の再放送である。それらを見るともなく見ていると、技術的には日本のテレビは、もうアメリカのテレビに決して劣っていないような気がした。

のみならず、アメリカのテレビにはCMがうるさいほど出てくる。日本のテレビではCMが出すぎると、よく視聴者から文句があるが、日本とはくらべものにならないほどCMの数は多い。日本人の私はそのためにイライラし、面倒くさくなり、テレビを消してしまうことも時々あった。あれを我慢して見ているアメリカ人は、よほど、忍耐づよいにちがいない。

コマーシャルの出し方も、日本のそれはアメリカにくらべて遜色どころか、進んでいるような気さえした。私はアメリカのテレビのＣＭが（日本のそれにたいして）特に独創的とはとても思えなかった。

それはともかくとして、今日までさまざまな苦言を、テレビ及びテレビ局にたいして申し立ててきたが、それは私がテレビによって毎日、いこいをとり、たのしむ平凡な一視聴者だったからである。一視聴者というより、かなりテレビ愛好者だと言ってよいだろう。

そういう素人の視聴者から見ても、日本のテレビはこの十六年の間、技術的にも演出的にも急速な進歩をとげたが、この一、二年、もうその進歩の限界点に達し、マンネリにはいったと思われる。四月から次々と新番組も出たが、そのマンネリは依然として続き、目のさめるような作品や演出にも出くわさない。というのはテレビが限界に達したか、製作者たちが安全なやり方を続けているかのどちらかだろう。

しかし、これがあと一年つづけば、われわれ視聴者にもあきがくる。何だ、また同じかという気持ちはもうはじまっているが、その気持ちは更に深くなるにちがいない。

惰性でみるテレビ——それがはじまる時はテレビの堕落でもある。私はテレビ愛好者だが、最近、そろそろ惰性で見るようになってきた。そして、その惰性にも嫌気がさして、テレビはもう見ず、ほかのことをやろうかと考えはじめているところだ。われわれ視聴者がテレビを惰性で見ぬよう、局の人たちの奮起を促したい。

# 敬老なんて嘘である

長寿国だ、長寿国になったと日本のことを手放しで私は悦《よろこ》べない。

私の父は九十三歳まで生きたが晩年は老人病院に入らざるをえなかった。私の親類のなかには九十二歳の女性がいるが、彼女もこの五年間、まったく寝たきりで子供たちが交代で泊まりにいっている。

長寿の人の三分の一は元気で働いているのではない、肉体的にひとりで自立できるのでもない、家族や看護人の補助なくしては生きていけないのだ。そういう人を身近に目撃した私は自分が長く生きて、周りに厄介をかけることを考えると、長寿と幸福とのイメージが必ずしも重なりあってこないのである。だから日本が長寿国になったと生存年齢の延長だけで悦ぶことができない。

敬老の日というのがあるが、今の日本で社会生活から離れた老人は敬われてなどいない。よくて憐憫の対象になっているだけである。

私の子供の頃には老人には「神に近い」翁という昔ながらのイメージがまだ残っていた。しかし翁というイメージを捨てた現代の老人はただ憐れまれる対象であって敬われなどしないのである。

それは、日本の老人病院のなかで老人にたいし幼児語を使う看護婦たちの多いことでもわかる。「お爺ちゃん、御飯たべまちょね」「えらいわねえ」看護婦が老人たちにそう言っている。彼女たちは長い社会生活を経た老人をただ機能が衰えただけで幼児と同一視しているのだ。あれをみると私は現代日本の人間観――人間の価値を機能だけでみる人間観を露骨に感じ、やり切れない思いがするのだ。

## 漢方薬の投与

医学は私の専門外であるが、素人ながら前からいささか疑問に思っていることが一つある。

それは漢方の普及とともに、この頃、西洋医学のお医者さままでも漢方の薬を患者にお与えになる方がかなりふえたことである。

しかし漢方の専門家によると、東洋医学——特に漢方では病気の種類によって投薬するというよりはその人の先天的体質や状態、病状によって薬を決めるという。つまり同じ病気でも田中さんと木村さんでは薬がちがう場合がかなりある。それは田中さんは漢方でいう虚証だが木村さんの方は実証という体質や肉体条件の違いがあるからである。

そのために漢方の専門医は漢方独特の「脈診」をしたり気の流れを調べるのである。

こういう漢方独特の検査方法をふまえないで西洋医学のお医者が漢方薬エキスを与えていいのか、私は何となく疑問に思っている一人だ。

なぜなら虚証の人に実証の薬を与えると逆に病状を悪化したりすることもあるからだ。そういう話を東洋医学者からきくと、漢方の薬の使い方を決して甘くみてはいけないし、今後、漢方の薬を患者に投与する気持ちがおありならその西洋医は漢方の診断方法をやはり一定期間、習得してからにしてほしい、というのが素人ながら私の希望である。

長い間、漢方は西洋医学者によって低く見られてきた。それはこの医学が明治時代に一方的に非科学的なものとみなされたからであろう。その低く見られた漢方を、今度は安易に使えるという錯覚と結びつけてはなるまい。

# こんなことして……

またか、と白けた顔を向けられそうだが、戦中と戦争直後に乏しい、ひもじい、貧しい国民生活を知っている私などは、時々、最近の日本人の贅沢さが急にこわくなることがある。たしかに贅沢が悪いなどとは考えてはいないし、ある意味で文化は贅沢の上に成りたつとも思っているのだが、それでも「こんなことをして罰が当たらぬか」という古めかしい声を心の奥できいてしまうのだ。

たとえば毎日、私の家に送られてくる山のような郵便物、そのなかには贅沢な紙を存分に使った宣伝誌や広告誌があまた交じっている。その大部分を、申しわけないが私は熟読しない。その日のうちに処分してしまう。処分しないと家中、紙屑だらけになってしまうからだ。

デパートやブティックに行けば行くで、一寸《ちょっと》した品物も素晴らしい手さげ袋に入れてくれる。文庫本を買うとどうせ捨ててしまう紙でカバーをしてくれる。

有り難いとは思うが「こんなことをして、罰が当たらぬか」と不意に不安になるのは、そんな時だ。それは私が戦中派のせいか、それとも時代に遅れているせいか。

戦争中、食料と同じぐらい本がほしかった。古本屋でやっと見つけた名著を他に読む本がないので何度も何度も読んだ。それがかえって私のためになった。書庫で豊かな本の山にかこまれている今より、私はあの時のほうが本当の読書をしたような気がする。こんなことをして、いいのだろうか。

# ゴルフ場は日本に多すぎる

先日、あるテレビで、中米コスタリカの森が濫伐《らんばつ》と酸性雨のため次第に破壊されていく風景をうつしていた。

画面のなかにはこれをきいた長野県の小学生たちが棄てられた空缶を集めて上田市に運び、買ってもらった金をコスタリカに送っている場面もあった。

もちろん、こういう環境破壊、自然破壊のニュースや報道や特別番組はこれが初めてではない。

しかしこういう番組をみて、いつも感じることは二つある。

ひとつは我々人間が生活し、生活が向上していくためには自然破壊もやむをえない。しかし一方では自然破壊も極点に近づきつつあり、我々の日常生活でも地球の自然体系が狂いつつあることは何となくわかる。一方では生きるために自然を破壊せねばならぬ、他方では自然を破壊したために我々は今汚染やその他でひそかな復讐をうけつつある。

だから問題はこの矛盾した両者をどう調和し、統一するかなのだが、私のみた限り、いずれのテレビもその解決篇、調和篇に突っこみが足りない。どこかの国、どこかの地方、どこかの街で総力あげてこの調和を見出そうとしている所があれば、我々はそれをモデルとしてみたいのだ。

生活に必要な自然破壊ならまだ許される。しかし飛行機から日本をみおろすたびに、森を倒し、山を削って造ったゴルフ場があちこちに見える。狭い日本にはこんなにゴルフ場が必要な筈《はず》はない。ゴルフ場にまく農薬問題を含め、これこそ自然破壊なのに少し多く作りすぎてはいないか。

# 年とったせいかな

年とったせいか、テレビを見て、嫌な日本語を使うなあ、と次第に思うようになった。朝のモーニング・ショーなどで、出席者がやたらと「生きざま」「部分」という言葉を口にする。「彼女の生真面目な生きざまが」とか「彼のひたむきな部分が」というような使いかたである。そういう時、嫌な表現だなあと感じるのである。そんな日本語ってあったかしらん。

これは別なところにも書いたのだが、某テレビ局のニュース番組で女子アナウンサーが画家のダリの死を告げ「彼はヘンシツ狂だと悪口を言われたこともあります」と言った。私は偏執狂をヘンシュウ狂と読むのだとばかり思っていたので、びっくりした。調べてみると小学館の大日本百科事典ではちゃんとパラノイアのことをヘンシュウキョウという言葉で説明している。しかし角川の国語辞典ではヘンシュウキョウ＝ヘンシツキョウと書いてある。

誰かが間違って偏執狂をヘンシツキョウと読んだ。そしてその間違いがヴィールスのように伝染をしてヘンシツキョウと読む人が日本に多くなった。そのため角川の国語辞典でもやむをえず間違った読みかたを採用したのだろう。

しかし、アナウンサーはできるだけ日本語の正しい読みかたをしてください。日本語を我々の子孫に伝えるために。

# 花のふしぎさ

数年前の筑波での科学博で、たった一本のトマトの苗を巨木のように成長させ、一万個もの果実を稔らせた野沢重雄氏と久しぶりに対談をした。

氏の作られたハイポニカ栽培法について私は素人だが、その理論に共鳴する点が多い。この対談は科学誌「クオーク」次号で読んで頂きたいが、氏の栽培法とは一言でいうと植物の持っている潜在力、潜在生命力を可能な限りひき出してやることだそうだ。

ハイポニカ栽培法を使わなくても、たとえば植木鉢にやさしい言葉をかけながら、朝夕に水をやると花の咲き具合が違うという経験をされた方は多いだろう。米国でサボテンに嘘発見器をつけて死をもって威嚇《いかく》する言葉を言った人がいる。その時、嘘発見器は強い反応を示したそうだ。この話は「植物の神秘生活」という本に書かれている。私の考えでは、それは植物が人間の言葉を理解するのではなく、それぞれの言葉のもつ「愛のリズム」「死のリズム」に敏感なためなのだろう。

今日、私は自宅のささやかな温室に色とりどりに咲く花の鉢をみながら、こんな美しい色彩は何を惹くためにあるのかと思った。蜂や鳥はおそらく色を識別できぬと思うから、華やかな色も彼等には役にたつまい。すると華麗な色は人間を楽しませるだけではなく、どういう意味をもち、どういう役割をしているのだろうか。

対談の時、野沢さんにうかがうのを忘れたのが残念だ。どなたか教えて頂けぬだろうか。

# 日本の救急車

写真雑誌「フォーカス」の八月十七、二十四日号がキャンペーンでなかなか良い記事を載せている。日本の救急医療態勢がいかに低いかを写真入りで報道しているのだ。

交通事故の増加や生命に危険のある心肺停止の危険は、もう日常生活では稀ではなくなったが、その時、駆けつけてくれる救急車に乗っているのは消防庁の隊員で、医師がほとんど同乗していないのが日本の現状である。

そのために病院に到着する前に死亡する人がかなりあり、「フォーカス」によれば「日本の救命率は欧来にくらべ著しく低く」、一説によると患者は欧米の五分の一程度しか社会復帰しないという。

フジテレビの黒岩祐治キャスターも長くこの問題を世に訴え、最近、「救急医療にメス」という本を上梓しておられる。日本の救急医療車には医事法によって人工呼吸も他の医療行為も禁じられている消防隊員が主に乗るために、折角救済可能な患者もみすみす死ぬことを黒岩氏は長年指摘し、フランスのように医師同乗のドクターカーの増加や米国のようにパラメディック（看護兵のように人工呼吸を行える人）が同乗する必要がないかと訴えているのだ。

八月十四日の毎日新聞によると厚生省の救急医療体制検討会でもこの問題について黒岩氏の提案に似たものを要望する案を出している。いろいろ難点も多いが、いずれにせよ、今の救急車では人命に関わる。この問題が医師の協力で一日も早く解決することを望みたい。

# 躾《しつけ》

休みをとって電車で田舎の家に行った。子供が車内を騒ぎまわる。彼等も嬉しいのだろうが見苦しい。しかし周りの大人たちも親もこれをたしなめない。

日本の子供は欧米の子にくらべて躾が悪いことは確かだ。正月、ホテルの食堂に行くと、さながら子供の運動会のような光景をよく見るが親も放ったらかしである。

日本人は国際人にならねばならぬと言って、子供に英語会話を習わす親がいる。これも結構だが、今後の子供を国際人にしたければ、まず第一に大人の集う場所では温和《おとな》しくできる教育。それと食事を品よく食べる教育を子供にすべきだと私は平生から思っている。

紳士や淑女にする教育は、別に幼い子にまで蝶ネクタイをさせたり、小さなイーヴニングを着せることではない。大人にちゃんと挨拶ができること。大人たちの集まる場所では走りまわったりしないこと。そして食事の時には、子供といえども品よく食べる作法をつけること。この三つから始まる。

これらはまず母親が子に躾けるべきだろうが、小学校でも給食の折、先生たちが食事の作法を子供たちにお教えになるだけでも随分ちがうと思う。

以上のようなことは、国が違っても共通した人間の礼儀である。共通した人間の礼儀ならば小さい時に教えておくほうがいい。彼等も大人になれば我々以上に外国に行くようになろうから。

# 囲碁界の「お助け爺さん」

「文藝春秋」本誌九月号に、下手なくせに碁の好きな私が仰天するような記事が載っていた。筆者は伊井國雄。天下の日本棋院、五段の棋士の先生である。

棋士といえばプロ。そのプロの方のお説によると日本棋院で九段をもらっているプロの先生なのに、ずっと下の後輩にポロポロ負ける人が何人もいる。なかには初段を相手にして敗退する九段もいるそうだ。

こういう九段が出たのは日本棋院が碁の普及のためにむやみに段位を与えたのが理由の一つで、また降段制がないからだとその筆者は主張しておられる。降段制とはリーグ戦で負けると角力《すもう》のように関脇でも次の場所では小結に落ちるというように九段も段位がさがるやり方だ。

日本棋院内のプロ棋士からの手きびしい内部批判と同じように別の雑誌で日本の囲碁界が中国のプロに劣勢気味なのは「必死の念」が中国の棋士にくらべて少ないからだと書い

てあった。

碁は好きだが囲碁界の内情にはまったく無知な私には、こういう記事は驚きだ。そしてプロであり、苦碁だと思った。

ところが一方、こうしたプロの厳しい棋院世界にくらべ、のびのびとして楽しい棋院もある。東京曙橋に本部をおく宇宙棋院（顧問・池田弘孝氏）がそれだ。これは段位のなかなか取れぬ人の「お助け爺さん」的な棋院で、会員には惜しげもなく免状をくれる。日本棋院でアマの初段になれぬ人も宇宙棋院では三段を授与してくれる。がんセンターの市川平三郎元院長もここから十一段を贈られた。九段が初段に敗れても批判されることはない。ここでは碁は楽しみに打つ楽碁である。

# 文化祭のアンケート

秋が近づくと慣例のように高校の文化祭の委員さんから手紙か葉書が送られてくる。そして次の質問に答えてくれ、という箇条書きが記載されている。

質問は毎年、きまっている。しかもどの高校でもほぼ次のようなもので、①あなたが影響を受けた本、②あなたが高校生に奨める本、③あなたが高校生に望むこと、などである。時には往復葉書を使って、①あなたの人生観、②あなたの幸福感を書いて送ってくれというものまである。

毎年、こうした同一の質問をくりかえして受けるとふしぎな気持ちがしてくる。おそらくこの種の葉書を私を含めて多くの物書きに送っているのだろうが、高校生たちは自分で書きながら一度も馬鹿馬鹿しいと思わなかったのだろうか。あるいは我々が往復葉書の片側半分に人生観や幸福感を書くと本気で思っているのだろうか。

高校生諸君がこういう葉書や手紙を書くことが文化祭にふさわしい文化行為だと本気で

思っているなら、本当におかしい。先生たちも言ってください。

人が影響をうける本は人によってちがう。その上その人があれこれ読みあさった後にやっと見つけられるものである。だからかかる葉書や手紙を色々な人に送る時間があったなら、もっと身をうちこむ行為（スポーツでもいい、山登りでもいい、恋愛でもいい）をやったほうがマシである。

いつからこんな手紙や葉書を出すのがあちこちの高校の文化祭で慣例になったか知らぬが、来年からはやめたほうがいい。

# ある世論調査より

「あなたはボランティアとして寝たきり老人、アルツハイマーの老人を助けたいか」とある新聞の全国世論調査がアンケートをとった。

「ぜひ助けたい」と答えた人は三％、「やってもいい」は二十六％、「やりたくない」と答えた人は六十四％である。

「やりたくない」六十四％のうち男性は七十三％、女性は五十七％。

そして「やりたい」「やってもいい人」も「話し相手になる程度」が多く、本格的に「入浴を手伝う」「排泄の世話をする」ことになると十九％に減るのである。

もちろん私はこれがいいとか悪いとか言っているのではない。ただこれが現在の日本人の老人にたいする姿勢だと書いているのだ。

多くの日本人は「俺がやらなくても専門家がやればよい」「赤の他人である老人の面倒までとても見きれないわ」と思っていることがこの調査でよくわかる。

しかしあと五年もすれば日本の六十五歳以上の老人は千七百万人にはなるだろう。そしてこれらの人の面倒をみる専門家の数も限界がある。

英国グラスゴー出身の外人新聞記者と話していた時、私は「あなたの市ではどうしていますか」とたずねた。彼は即座に「グラスゴーでは仕事を隠退した老人たちが寝たきり老人の世話をしています」と答えた。もしこの答えが事実ならば、どうして日本と英国ではこのような考え方の違いがあるのだろうか。この点は今後老人問題を考える時、やはり頭に入れておかねばならぬ。

# ルーアンのR家

朝鮮で戦争のはじまった一九五〇年、私は仏蘭西《フランス》に留学した。

今とはちがい、戦争犯罪国国民の日本人が外国に行くことは至難の時代だった。第一、パリにもロンドンにも日本の大使館がなかった時である。

私は日本に布教にきているUという仏蘭西人神父の奔走で、大学の新学期がはじまるまで、ルーアン市のある建築家の家に厄介になることができた。

あとでわかったのだが、熱心なカトリック信者のこの建築家夫婦は日曜の教会のミサで、

「日本人の留学生を夏休み中、宿泊させてくれる人はいませんか」

という司祭のよびかけに即座に手をあげたそうである。

こうしてロビンヌさんというその一家は見もしらぬ東洋人の私に夏の三ケ月のあいだ無償で一室を与え、食事をさせてくれたのである。

この家には六人も子供がいた。私がマルセイユで一ケ月の船旅を終え、汽車でパリにつ

き、パリからルーアンに大きな鞄をぶらさげて到着した時、ロビンヌ夫人は万一を考えて子供たちを駅の要所要所に配置して私を見失わないようにした。私がホームから構内に出た時、あちこちから子供たちが駆けよってきた。

このロビンヌ家で私は仏蘭西の中流家庭がどんなものかや、風俗や習慣をずいぶん教えてもらったが、しかしそれ以上に学んだのは彼等の善良さとやさしさとだった。

縁もゆかりもない異国の学生にこれほど善意と愛情を注げるものかと驚くほど彼等は私を遇してくれた。

といって彼等は別に無理をしたわけではない。私を特別待遇したわけではない。家族の一員として私を扱い、自分たちの息子を心配するように私のことを心配してくれたのだ。

しかし無理のない、自然な愛情だけにそれが私にはじんときた。この夫婦の善良さや神にたいする敬虔さには毛ほどの偽善的なものもなかった。

戦争と戦後を生きて人間のエゴイズムを嫌というほど見ねばならなかった私のような人間にはルーアンのこの家は人間の暖かさをふたたび信ずる上で非常に役にたった。

私はその後、嫌な仏蘭西人にも随分と出あったが仏蘭西に好意を抱きつづけることができたのはこの家族の愛情のおかげである。

私の家が一時、東南アジアの学生たちの親がわりの役をさせてもらったのも、このルーアンのロビンヌ家の真似をしたかったからである。

あれから四十年に近い歳月が流れ、夫人は亡くなったが、ロビンヌ家とは親類のようにつきあっている。私にとっては色々なことと共に人間のやさしさを教えてくれた夫婦だった。

# 小さな道場

戦争直後、大学の在学中に恩師のS先生に原稿をみて頂いたことがある。小説ではなくエッセイだった。

「三田文学に持っていってやろう」

とS先生はおっしゃった。

それが切っ掛けとなって私は当時、戦災からも焼け残った神田の一角にある三田文学編集室に行くようになった。

その編集室では何年も前の先輩たちがたえず姿をみせていた。彼等は学生の私ものけ者にせずに近所の飲み屋やバーにつれていってくれた。

合評会は新宿のK書店で開かれたが、その時も闇市のなかで私はカストリの味を憶えさせられると共に、文学や本や人生について叱られたり、おだてられたりしながら、少しずつ学ぶことができた。

それは大学で習っている文学とはちがったものだった。むしろ教室の文学を時には軽蔑するようなものだが、私にははじめて接した日々で文壇的な発想法が新鮮で、いつも先輩たちの議論にそばで耳をかたむけていた。

私にとっていわば寺子屋か、小さな道場か、塾のような場所が三田文学の集まりや合評会だった。

「そんなもの、こわくないサ」

とMという小説家は本の数を並べたてた評論を批評した。自分の歯で嚙みくだいたものでないものを書くな、とも言われた。今、思えば当然のことだが、当時本を読むことをひたすら勉強と考えていた青年にとっては頭を棒で叩かれたような思いだった。

小説の描写方法も先輩たちに習った。

「お前は遠いものから近いものを書くからいけない。近いものから遠いものを書け」

とか、

「暑い光景を描写する時は光を書くな。影を書け」

など、S先輩が教えてくれた言葉は今でも懐かしさと共に思いだす。

あの時は戦後で、ものもなく、ものも乏しく、高価な酒など我々の口には入らなかったが、しかし何とも言えぬ解放感があった時である。

それだけに戦時中、ものもはっきり言えず、読んではならぬ本まで指摘された私にとって、この先輩たちとの交わりは貴重でたのしい毎日だった。

「教えられている」という実感がそのたびごとにした。私はむさぼるように彼等のくれた水をのみ、時々、生意気にもそれに反抗し、しかし仲間はずれにもされず留学までの期間をすごした。

今思うと私は幸運だったのだろう。あの時の先輩も次々と死に、今はその三分の一ぐらいしか残っていない。四十年以上の歳月がながれたのだ。

# めぐりあい

他にとりえのない私だが、ひとつだけ有難いと思っているのは、あまたの友人に恵まれていることである。自慢ではないが文壇のなかでいい友人を持っている五人のなかに私は入るだろう。

師や先輩をふくめて私が影響をうけ恩恵をこうむった人を一人一人あげていては枚数が何枚あっても足りない。

そこで女友だちの二人をここに書く。この二人と邂逅《めぐりあ》ったために私は自らの生活や人生にどんな励ましや慰めを受けたかわからないのだから。

一人はエス・ビー・カレーの会長夫人の山崎陽子さんだ。もっとも私が彼女と知りあったのは私がカレーが好きだったせいではない。彼女が子供のミュージカルをやり、それが機縁で私たちの「樹座」の文芸部に三浦朱門、矢代静一と共に入ったからだ。そして今、「樹座」の台本脚色はほとんど陽子さんがやっている。

もう一人は遠山一行氏夫人の慶子さんで、これは国際的に活躍しているピアニストだから多くの人が知っているだろう。

この二人を通して私は「女性なるもの」の素晴らしさを心から学ぶことができた。男とはちがった女の才能、感覚、やさしさ、心づかいのデリケートさを教えられた。日本男子でありながら私が女性を尊敬するようになったのは、母、有島生馬氏の令嬢、そしてこの二人のおかげである。

私はピンチになったり、苦しい時、男らしく毅然として耐えない。女々しくも慰めを求める見さげ果てた性格がある。

そんな男なのに陽子さんはいつも励まし、慰め、助けてくれた。一方、慶子さんは私に音楽というものと共に信仰や本当の人間的なやさしさを吹きこんでくれた。私が三浦や矢代と共に「キリスト教芸術センター」をつくったのは慶子さんの奨めにもよる。

いずれにせよ、この二人はかけがえのない友人であると共に、二人にめぐりあったことを私は生涯、感謝するだろう。

# V

# 心あたたかな病院（1）——できる範囲で実現へ

## 普通と違った心理

患者にとっては、体の治療もさることながら、苦しい心の慰め、あたたかさが何よりもほしい、心あたたかな病院を医師、看護婦と共に作りたいと本欄に「患者からのささやかな願い」を書いたところ、私が仕事している日本キリスト教芸術センターに二百通に及ぶ手紙をいただきました。はじめは一通一通御返事を書いていたのですが、もうできなくなり、失礼ながらこの紙面をかりてお礼申しあげます。

その大半は入院を経験された人、あるいは身内を入院させた人の手紙でした。ひとつ、ひとつの嘆きと訴えは私にも納得いくものが多かったのですが、なかには病院側から見ると「当人の誤解」に思えるものもあったでしょう。

しかし、たとえそうであれ、誤解を起こすようなことが、こんなに数多く書かれている事実は、やはり病院側と患者側とに人間的な心の通じあいが、まだ不完全なのだと言うことです。

　手紙を読んで感じたことのうち、幾つかを書きます。

（一）医師も看護婦も、患者というものは普通状態ではない環境のなかで、普通とはちがった心理になっていることを知ってほしいこと。

（二）その普通とはちがった心理がどういうものか――つまり「患者の心理」の勉強を今の医学部や看護学校では教えていないこと。したがってこの講座が今後の医学生や看護婦には絶対に必要であること。

（三）患者が心理的に一番苦しく不安なのは夜であるのに、今の病院の看護体制は昼に重点がかけられていて、夜が軽視されていること。

（四）一方、我々患者も医師や看護婦の心理を知らなすぎること、また彼等の疲労や忙しさも察してあげねばならぬこと。

　まだ、たくさん、ありますが、とりあえずこの四つを書いておきます。特に（四）について言いたいのは、一部の医師の過ちをきびしくジャーナリズムが糾弾したため、多くの医師が臆病になっているという現状です。たとえば「検査づけ」という問題も、万一患者が癌だった場合に訴えられるのを怖れ、すべての検査をしてしまう――そういう悪循環になっていることを患者側も知るべきだと思いました。患者側も、医師の心理を今後は心得る必要があるのではないでしょうか。

事務所でそうした辛い手紙を次々と拝見しながら、時々、長雨のあい間に青空を見たようなよろこばしい気持ちになることもありました。「でも私はこんな心あたたかな病院、お医者さま、看護婦さんを知っています」という手紙が幾つかあったからです。

たとえば、東京目白にある私立の目白病院に入院されたある女性患者は、医師が彼女の病気や治療法をやさしく説明して励ましてくれた上、看護婦さんも彼女の性格にむいた患者と一緒になれる病室まで配慮してくれた親切とあたたかさを忘れられない、と書いてくれました。そんな手紙を読むと、その目白病院を、私もある日、たずねてみたい気持ちになります。

## 大きな励ましも

岡山県済生会総合病院の大和院長からも色々と教えていただいた上、私の希望にそって「やがて、（患者の）家族宿泊所を作りたい。また、礼拝堂を是非つくりたい」というお手紙を頂いた時は、とびあがるぐらい有難かった。私個人としては、これほど大きな励ましはないように思えました。

また鳥取赤十字看護専門学校で、私のあの文章を教材にしてくださったことも、うれしいことでした。

「心あたたかな病院を思う」会は今のところ私一人なので、折角お手紙をくださったのに御礼の言葉を手紙で書けぬのが、申しわけなく思います。しかし二百通の手紙は私に同じ思いの人（医師、看護婦さんをふくめて）が、あまた日本におられる自信を与えてくれました。そこでまた読者にお願いがあります。

（一）御自分が体験され、心あたたかな病院を御存じのかたは、お知らせください。その病院の名を皆さんにひろく伝えたいと思いますので（ただし病院の自薦ではなく、患者さんの御推薦をお願いします）。

（二）御自分の病院を「心あたたかな病院にしよう」とお思いの院長先生、病院経営者の方で御協力くださる方の御連絡をお待ちしています。「心あたたかな病院」と言ってもないものねだりではなく、その病院でできる範囲内でやって頂ければ、それだけでもわれわれはうれしいのです。

（三）病人の愚痴や嘆きを、じっと「聞いてあげる」ボランティアになってくださる人はいませんか（男、女を問いません）。しかしこれは多少の勉強がいるので、そのことをお含みおきください。この試みは試行錯誤なので色々、研究しながら改めていかねばならぬものですから。

（四）最後に医療関係者の方たちに。私の言う「心あたたかな病院を思う」は、現状においてできぬこと、至難なこと――たとえば医療制度の改革とか医学生の再教育などという大それたことではないのです。今の病院の状態のなかで、ただ医師と患者が人間的に通じあうため、こうしたほうがいいことをおたがい考え、実現することなのです。

## 空理空論ではなく

連日の医師の疲労、看護婦の疲労を考えずに美しい事を言っても無理なことは、小説家である以上、私も百も承知しています。人間は疲れればそう他人に笑顔もみせられなくなります。そういう現状も踏まえて、我々が「心あたたかな病院」を考えねば、結局は「絵にかいた餅」になるでしょう。だから「絵にかいた餅」、実現不能なきれい事ではなく、また自己満足のためだけの空理空論ではなくて、これなら実行できるとお気づきのことを、医師や看護婦さん側からも、お教え願えないでしょうか。心からお願いいたします。

## 心あたたかな病院（2）——実現へ協力の輪を

ほぼ一年前、私は本紙に「心あたたかな病院がほしい」という文章を書きました。

その動機は、日本の多くの大病院は検査技術、設備、医学知識では世界的でしょうが、患者の孤独感、不安感、死の恐怖など精神的な悩みにほとんど慰めを考えていない気がしたからです。患者心理の軽視の上に病院が運営されている気がしたからです。悪意ではなく、無神経で患者に無用な苦痛や無用な屈辱を与えている場合もあり、それに気づいていない病院も多いと思ったからでした。

### 七百通の手紙

この短い文章に、三百通に近い手紙が読者から送られてきました。私のながい執筆経験で、これだけの反響が一つの文章にあったことは珍しいことなのですが、それは同じ思いを抱いた元患者や患者の家族がいかに多いかを示していました。

手紙のなかには、心ある医師、看護婦からのものもまじっていました。この方たちは、私の希望に賛意をしめされながらも、現在の病院を心あたたかくさせない理由を、色々な角度から——組織的事情、経済的事情、保険などの法規の事情から教えてくださいました。思いがけぬ三百通の手紙に責任を感じた私は、週刊読売を舞台にして、医療関係者と対談をつづけました。対談を通じて、右にあげた障害を具体的に読者と一緒に知ろうと思ったからです。この連載も反響を呼び、連載中に四百通ほどのお手紙がきました。

## 創意こそ大切

連載中、私が考えたことはたくさんありますが、その幾つかを書いておきます。

(一) 残念なことに、一般的に医師や看護婦は、患者心理についてそれほど熟知していない。患者心理と治療とは密接な関係があるはずなのに、日本の医学部でも看護婦学校でもその講座はほとんどないし、医学会のテーマにもなっていない。

(二) 逆にわれわれ一般市民も、医師、看護婦の立場や心理をまったく知っていない。両者が語りあうチャンスをマスコミは作れるのに、ほとんど作っていない。

(三) そのため時には、医療者と市民との間に、解消できるはずの誤解や不信が生まれてもいる。特に医師側のジャーナリズム不信は、かなり深い。

（四）病院経営者たちは、すべてを組織や経済、保険などの事情のせいにするが、必ずしもそれだけではないようである。頭を使えば、今日からでも病院を心あたたかくできる面が幾つもあるにもかかわらず、気がつかないか、気がついてもはじめからあきらめているのが残念である。

（五）今後はわれわれ市民との協力がなければ、病院の経済事情、保険事情は決して改善されないだろう。医師、看護婦と一般市民の協力があってこそ、病院は今後本当にあたたかくなる。

このような感想を私は持ちながら、自分の仕事の合間をぬって、病院や看護婦の集まりなどでこの願いを話してまわったのですが、時には日比谷病院のように「あなたの要望の一つを早速実行することにした」といううれしい知らせもあれば、「医療を知らぬ者が何を言うか」と無視する病院もありました。

## みんなの問題

しかし七百通に及ぶ手紙が来たということは、私の願いが私一人のものだけでなく、非常に多くの市民の願いであり、大きく言えば社会的願望だとさえ思えるのです。

これはとても一人の力ではできぬ。そう考えた私は読売新聞社をたずねて、この仕事を長期的に、また効果的にするために力を貸して頂きたいとたのみました。

なぜ、こうした私事を書いたかと言うと、それは「あの心あたたかな病院のことは、どうなったか」と多くの人から聞かれるからです。私は、それが線香花火で終わったのではないことを、紙上をかりてお知らせしたいと思います。そして、今後は読売新聞社の事業として、私もその協力者の一人として、さきにあげた五つのことなどを識者の方たちに考えて頂き、病院や医師、看護婦さんたちと共に具体的な解決策を考え、ひとつ、ひとつ具体案を作っていきたいと思います。

しかし、そのためには、何といっても読者の方の応援や精神的支持がどれほど助けになるかわかりません。今、健康な方たちも、いつかは入院するかもしれぬし、身内の方が病院で治療を受けるかもしれない。「心あたたかな病院」の必要性は、結局、だれもの問題になるでしょう。それだからこそ、この運動を全国的に応援していただければうれしいのです。


医師や看護婦さんの御協力も是非お願いします。あなたたちを今悩ましている保険や病院維持の困難な理由を、一般市民はほとんど知りません。あなたたちはそれを私たちにわかりやすく説明し、またあなたたちの気持ちを教えてくださると共に、患者の心理がどのようなものかを、今よりはもっと、理論立って知って頂きたいのです。それによって患者はあなたたちを更に信頼し、納得して治療を受けるだろうと思いますから。

# 日本人の深層心理と医療技術――「男女産み分け法」について思う

## 進歩への共感と自然の摂理冒瀆の不安と

慶応大学医学部の倫理委員会が同大学産婦人科で開発した「男女産み分け法」にたいし血友病などの遺伝病を回避する場合を除けばこれをみだりに使わぬよう結論をだした。

これは非常に妥当な結論だと私も思う。おおむねの人たちもおそらく同感にちがいない。「男女産み分け法」が一部マスコミに洩れてニュースとして流された時、この受けとめかたは二つにわかれた。賛成者は医学の新しい開発として共感をしめしたが、一般にはこれにたいして漠然とした不安を感じた人も多かった。この漠然とした不安を分析すると次のようなものになる。

（一）この方法が濫用《らんよう》されると親や大人の勝手によって生まれてくる生命の性別が左右される。それは生まれてくる生命の人格や自由を大人の勝手で軽視するものだ。

（二）この方法は医学を含めて科学も尊重せねばならぬ自然の摂理を冒瀆してはいないだろうか。

## 三分の二の男女が産み分けは「イヤ」

私はこの原稿を書くため十人ほどの男女に「男女産み分け法をどう思うか」とたずねてみた。三分の一が賛成を示し、三分の二が「イヤですねえ」と答えた。「生まれてくる赤ちゃんにも自分の人生をえらぶ権利はありますよ」と一人の母親がいった。

これらの返事をきいた時、私はここ十年間わが国におけるめざましい医学技術の進歩が驚くほど一般の人のきわめて日本人的な感情の抵抗を受けていることを改めて感じた。断っておくが私はこの日本人的な感情を批判しているのではない。むしろそれが医学の独走に歯どめをかける良識になる場合もあると思っている一人だ。

臓器移植とそれに伴う脳死の問題の時もそうだったが、今度の「産み分け法」にたいしても「イヤですねえ」と言う日本人には医学の発展や技術の向上は尊重するけれども、それが人間を軽視した適用をとる時は嫌悪感を感じるという感情がある。

## 「自然に委す」の人生観逆なでする最近医学

その感情は予想以上に我々日本人の心のなかに根強くかくれていて、一言でいうならば天が人間に与えた摂理を乱すべきではないという気持ちに裏づけられているのだ。それは人間は最終的には「自然に委せるべきだ」という深い人生観、人間観から生まれているようにみえる。脳死や今度の「産み分け法」もこの天の摂理と「自然に委せるべきだ」という人間観を侵犯する可能性があるので、多くの人たちに不安を与えたのだろう。

「死ぬ時は死ぬがよし」と良寛は言った。「病む時は病むがよし」これは西洋人ならとも角、日本人には素直に納得できる言葉にちがいない。そして従来の西洋医学も手術や薬など色々な方法を使いながらも人間の自然治癒力を引きだすことに重点をかけていたからこそ日本人の感情とはそう矛盾しなかったのである。

しかしこの十年、医学は自然治癒力が衰え果てた人間をもなお延命させようとする。そこに日本人の感情を逆なでする歪みが生じ、臓器移植や脳死の問題もいまだに足ぶみの状態をつづけているわけだ。今度の「産み分け法」も自然に逆らうという点で、人びとに漠然とした不安感を起こさせた。

## 性の選択奪われた子に何の影響もないか

「この産み分け法には副作用はありません」というのが慶応大学産婦人科の発表である。たしかに当面の副作用はないことを医師たちは確認されたにちがいない。

しかしそれでも不安が残るのは、長い時間の間、この外部的方法によって性の選択を奪われた赤ん坊が成長するにつれ深層心理的、人格的な面でなんの傷も負わず、なんの影響も受けないかは今の段階ではわからぬはずである。今の段階では見えぬものが、いつかは出てくるかもしれぬ。そういう心配を起こさせるところにもこの方法をもう少し慎重に使ってほしい理由がある。

それにしても今後の日本医学の成熟のためにも「日本人の深層心理と医療技術の発展」というテーマはゆるがせにできなくなってきた。

# 信頼感こそ治る力の源

この夏、手術をうけた。

今日まで私はかなりの数の手術をうけてきたので、いささか「手術ズレ」をした男だが、しかし何度うけても手術は手術である。嬉しいものではない。不安だし、気味わるい。

それが証拠に、入院して表面は平静を装っていたが心の動揺は手術前日の検査ですっかりばれてしまった。正直なもので血圧があがっていたのである。

看護婦さんが「大分動揺しておられますけれど、心配しないで」と笑われた。面目なかった。

だが、この不安は執刀の先生と麻酔の先生との実に丁寧な説明によってほとんど取りのぞかれた。レントゲンを示しながら手術で除く部分とその理由や、今までの例からみても心配のいらないことをわかりやすく教えて頂いた。麻酔医の先生は手術室に入ってからも麻酔のかけかたを順を追って説明してくださったし、実際、当日、手術室でも「次はこうします、チクッと痛いだけで心配いりません」とそばで声をかけながら麻酔をなさった。
おかげで不安もなく手術を終え、病室に戻った。

この両先生の丁寧な説明とその後、退院するまでの看護婦さんたちの実に細かい心くばりや、あたたかい励ましに私の治癒力はどれくらい倍加したかわからない。私は次第にこの人たちの指示や言葉を信頼するようになり、それが素直に体力の恢復《かいふく》につながった。

貴重な紙面を使って、夏の個人的な手術体験を御披露したのは理由がある。

それは、医師や看護婦さんの患者にたいする姿勢や心くばりが病人の恢復上、どれほど大事であり有効かを私自身の体験からお伝えしたかったからである。言いかえるならば私がその病院で受けたような医療者側のあたたかさは多くの患者にとって薬や手術と同じくらいの大事な治療方法であると私は言いたいのである。

「心あたたかな病院をねがう」キャンペーンをやってきた私の手元には患者からの手紙があまた送られている。それをみると患者たちが医師や看護婦に求める第一番目のものは自分の病気と与えられる薬についての充分な説明であり、二番目に要望していることは患者のプライバシーの尊重、人格的に扱ってほしいということである。

この二つの患者側の要望は最近、日経メディカル編集部が「医師の善意と患者の願い」のなかで発表したアンケートの順位と一致する。このすぐれた本のアンケートに答えた多くの患者もおなじことを求めているのだ。

さきにも書いたように私の場合は幸運にも充分に病気と手術とについて説明してくださるお医者さまに恵まれた。

しかし、すべての患者が私のようないい医者に恵まれるとは限らない。一日、五、六十人以上の患者を捌《さば》かねばならぬ開業医や大病院の医師はいわゆる三分間診療をせざるをえない状況にあるし、それだけの患者に来てもらわねば現行の保険では医院や病院を維持できぬ場合も多い。

だからお医者さまたちが充分な説明ができぬ事情は私などにもよくわかるのだが、しかし事情はそれだけとは言えない場合がある。

お医者さまのなかにはいまだに患者の質問を嫌う人がかなりいる。「素人が聞いたって意味ないじゃないか」という医者もいれば、患者が「私は風邪でしょうか」と言っただけで「そうと自分でわかっているなら、医者のところにくるな」とお怒りになる方もいる。

こうした扱いを受けた患者は傷つく。傷つく理由は叱られてということではない。そこには医師と患者との人間的なコミュニケーションをぷっつりと切る何かがあったからである。

たしかに患者は医学について素人である。しかし患者は素人でも素人がわかるように病気について説明してくれ、薬について説明してもらいたがっているのだ。それはこれらの説明によってこそ自分が体をあずけるその医師を信頼できる切っ掛けになるからである。

そう、まず患者の心には自分のかかっている医師を信じたいという欲求があることを医療者側は何よりもわかって頂きたい。患者は信じることのできぬ医療者に体や命を托することはできぬ。その信頼欲求には当の医師の医術と共に人間的に信じられることも含まれている。

その条件として患者は自分の病気や治療方法に説明を求めるのだ。だがそれを冷たく拒絶される時、患者の信頼感は途端にうすれてしまう。相互の信頼感の希薄な医師患者関係では恢復がハカバカしくないことはよくあることだ。信じている医者がくれる薬はたとえプラシボ（にせ薬）でも患者の病気を好転させる場合さえある。

説明を求める患者心理にはまたこの「信じたい」という気持ちのかくれていることをお医者さまに考えていただければ幸いである。

## プライバシー軽視しがち

前回で私は病気や薬について説明を求める患者たちの心理には、医師や看護婦を信じたい願いがあると書いた。当然のことである。

そしてそれは自分がかかる医師の医学知識や技術への信頼だけには限らない。その医師の人間性への信頼もふくまれている。だから患者たちが自らの病気や薬について労をいとわず親切に説明してくれる医師を良医と思うのは、これによってその医師のあたたかさや人柄が信じられると考えるからである。

診療最初の時にこの信頼関係ができるかどうかが、その後の治療にとってどれだけ重大かは数々の病気をしてきた私には実によくわかる。

そして、この信頼関係はこれからの日本の臓器移植の場合にも大切な問題になろう。なぜなら私たちは自分が息を引きとる時、信ずることのできぬ外科医に臓器提供を承諾する気にはなれないからだ。

私の観察によると身内の者が死んだ時、解剖をさせてくれという医師の頼みを承知するのは、遺族が、その医師の手厚い看護に感謝の気持ちと信頼を持っている時である。逆にそれを拒否されるような医師は、患者と遺族とに人間的に信頼されなかった場合が多い。

さて、私たちにきた手紙のなかでこの医者の「説明」と共に患者が要望していたのは、プライバシーを尊重してほしいという願いである。

私は日本の病院はこのプライバシー尊重について多少無神経なところがあるのではないかと思ってきた。

そんなことはないと断言されたお医者さまもおられたが、意外と患者の病気を軽々しく漏らす医療者はまだかなりいるのだ。

数年前一人の看護婦から彼女の病院に入院している某俳優が実はガンであると教えられたことがある。私が「当人はそれを知っているの」とたずねると「もちろん当人には秘密にしてるんです」と彼女は答えた。もし私がこれを週刊誌の友人ジャーナリストにしゃべれば、当然、記事になり、病人である俳優にもわかるかもしれなかった。

病気は患者にとっては秘密である。別に俳優や政治家でなくても、自分の病気を他人に知られたくない場合があるだろう。昇進や出世に関係もするし、無責任な噂話になりたくないからだ。

しかしこういう例だけではない。夏の病院ではカーテンごしに医師と患者の問診の会話が診察を待つ者の耳にきこえてくる——そんな経験をお持ちの読者もおありだろう。あるいは裸体で診察を受けている診察室に担当医ではない方が断りもなしに入室してくる——そんな例は日本の病院では珍しくない。悪気ではないと知っていても患者たちにとってはこれは決して愉快なことではない。愉快なことでないだけではなく、自分の病気や病歴を医師に正直にうちあけることにビビるようになる。

この医師にだけうち明け、この医師がうち明けたことを無責任に他に漏らされないという信頼感があればこそ患者は自分の身内の病気や自分自身の病歴を言えるのだと知ってほしい。

なんだ、そんな些細なことか、と馬鹿にされるかもしれぬが、この些細なことのつみ重ねが診察や治療に大事なのではないだろうか。些細なことだがそれが医療者と患者との大切な人間関係にもつながると私は思うのだ。

手紙やアンケートによるこうした多数の患者の診察時における注文や願望だけを調べてみても、今までの医療者が意外と悪気なく患者の気持ちに無知でいたことがよくわかる。

それは私が常々言ってきたことだが、長いあいだ日本の医学は患者心理をほとんど軽視していたことに原因があるのだ。大学医学部の講座には患者の心理の講義はない。各地で開かれる学界の発表にも「患者の心理」をメイン・テーマにしたものはないだろう。この数年、やっと心療科、精神科の先生や看護婦さんたちを中心にして末期癌患者の心理やその心の慰めを研究する傾向が出てきたのは我々にとって非常に悦《よろこ》ばしいことだが、まだその考えが医学一般に拡がっているわけではない。

私はこれは従来の医学が「肉体」と「心」とを別々なものとして考えたためだと考えている。つまり西洋的な二分法思考（ものを二つに分けて考える）の結果である。医師たちは肉体の疾患が心とは別のものであるかのような医学教育だけをうけ、肉体を病む者が心も傷ついていることを無視しようとした。それが患者心理の軽視につながったのであろう。

さいわいなことに戦後、こうした二分法思考の再検討がアメリカの学者たちから生まれ、医師たちにも患者の肉体と心とは背中あわせになっていることに気づかせた。特に医学における専門化と細分化は患者の肉体の部分だけをみて全体をみないという――病気だけをみて病人を忘れることへの反省を促した。

九大で生まれた日本最初の心療科の設立は池見酉次郎先生を中心に、肉体と心とは不離の関係にあること、心の傷が肉体的疾患になって現れることを人々に教えた。医学は患者の心理を無視できなくなりはじめたのである。

## 「医学知識」だけが医療か

有難いことには、この三、四年、外国はもちろん、日本でさえも全体医学（オルロスティクな医学）とか、人間的医療という言葉がきかれるようになった。全体医学とはあまりに細分化された医学の欠陥を反省し、患者の心身全体をみる医療を考えようということであろうし、人間的医療とは患者の人格をもっと大事にしようということだろう。

こうした発言が医師や看護婦さんの口からきかれるようになったのは悦ばしいことであると共に、あたらしい医療の方向だと思われてならない。

思えば数年前、私などが生意気にも日本の病院はもっと患者の心理や気持ちに精通してほしいなどとお話しすると「素人が何をいうか、赤ひげ先生だけを良医とみるのは危険である」などという馬鹿馬鹿しい反論をなさる方もおられたものだ。

我々が「患者の立場や心をふまえた医療」というのは、なにも親切しか取柄のないお医者さまが立派だと言うのではない。医師は治るべき患者を治してこそ医師とも国手とも呼ばれるのであって、そのため新しい医療知識や技術を研鑽すべきことは、他の分野の専門家とおなじ義務である。にもかかわらず、黒でなければ白という粗雑な論理で「人間的な医療」即「医学技術や研究のおくれた赤ひげ先生の治療」ときめつけるのは、あまりに話が飛躍しすぎている。医師はそれぞれの状況において華岡青洲でなければならぬ。これは当然のことであって今更いうまでもない。

だが医療は他の日進月歩の科学と違っている大きな面もある。それは、現に病で苦しんでいる人間に手をさしのべる学問だということだ。医学は科学であると同時に人間学でもなければならぬのだ。医師の前に座っている患者は感情や心を持った生きた人間なのである。

この七月、博多で開かれた「日本病院学会」の御依頼で、私は以上のような話をお集まりのお医者さまや看護婦さんにさせていただいた。医学を専門としない私がそんな話を申しあげたのは私や知人の病気体験を通して「患者の心理に通じることは大事な治療方法のひとつだ」と考えてきたからである。

私の退席後、私の尊敬する医療評論家の行天良雄氏の司会で公開シンポジウムが行われた。

その折、鹿児島大学医学部の平明先生から次のような要旨の御発言があった。それは遠藤の話は大学病院の医師からきくと「場ちがい」である。医療は複雑なもので、ひとつの物差しでは計れない。そして自分（平先生）の考えでは、良い治療とは最も進んだ医学知識を身につけて判断を正しくし患者の命を救うことだ――これが平先生の御意見だった（このシンポジウムは本紙にも掲載されたので、先生の御意見やお名前をここに出しても失礼に当たらないだろう）。

平先生の御意見にはいくつかの点で反対せざるをえない。そのうち二つの点を率直に申しあげることを許していただきたい。

第一に誰でも知っていることだが、最もすぐれた知識を持った大学病院のお医者さまにも現在のところ先生のおっしゃる「命を救えぬ」病気も多いのだ。根治できぬ多くの病気もある。そういう病苦に苦しむ患者を前にして先生のおっしゃる現在の医学「知識」はどれだけものを言うだろうか。

この時、患者と医師との間には医療者と被医療者という関係と共に人間と人間との関係が生じる。人間と人間との関係は医学的知識だけでは割りきれぬ心のふれあいである。そして患者が自分をみとってくれる医療者に感謝する一番大きな要素は、たとえ治療が不可能な場合でも人間として扱ってくれた時であろう。事実、私はそういうお医者さまに感謝を持ちつづけている遺族を多く知っている。

第二に知識第一の医学は明治以降の日本の西洋医学習得の姿勢であり、その姿勢から意識するとしないにかかわらず、患者心理軽視の欠陥を生んだ。だからこそ現在、内外でその反省や要望の声が生まれているのだ。にもかかわらず、平先生が「医学知識第一」を前面におたてになることは、こうした要望や反省を軽視することではないだろうか。そして医学の進歩に伴って、医学倫理や人間的治療を求める多くの人びとの声を「場ちがいな発言」と見なすことにつながらないだろうか。

最近発表された大学での医師、歯科医養成のあり方を検討した文部省の協力者会議は、医学生の医学知識の習得に言及しただけでなく、「人間性が豊かで温かさがあり、人間の生命に深い畏敬の念を持ち、患者や家族と対話を行い、その心を理解し、患者の立場に立って診療の行える医師でなければならない」と強調している。

おそらくこれは多くの医師にとって完全に実行することは難しいだろうが、少なくともそういう医学のありかたや方向に人々の期待が向けられていることを示している。そう言う状況のなかでも、この方向を「場ちがい」とみなす知識第一の考えかたには私など首をかしげざるをえないのだが、多くの読者はどう思われるだろうか。

# 病院にて

三十年前、私はかなり重い胸部結核を患い手術を三度、入院三年という療養生活を送った。

後になって「病院生活一年は大学生活三年に匹敵する」などと同病の人を慰めるために言うようになったが、当時はそんな気持ちには毛頭なれず、病気を大きな損失や挫折と思って口惜しがっていたものである。

今のように結核は治りやすい時代ではなかったから療友のなかにも息を引きとった者もおれば、屋上から飛びおりて自殺を試みた人もいた。そういう憂鬱な日を送っていた。

近くの部屋に末期癌の方がおられ、夜半、彼の呻《うめ》く声が風にのって私の病室にも聞こえてきた。当時はペイン・クリニックもなく麻酔学も今のように発展していなかったから、モルヒネを間隔をおいてうつ以外に苦痛を鎮める方法はなかったのである。

「あまり痛がる時は」

と看護婦さんが私に言った。

「仕方がなく、手を握ってあげるの。手を握るとなぜか次第に落ちつくから」

正直いってその時の私は「手を握る」だけで肉体の激痛が鎮まるとは信じなかった。そんな馬鹿な話はないと思った。

それから半年後、私は手術を受けた。六時間にわたる手術後に麻酔からさめたが、わがままな私は肋骨を何本も切られた痛みにわがままな呻き声をしきりに出していた。

モルヒネを二時間おきにうってもらったが、あの薬が効果があるのは一時間ぐらいであとは痛みがぶりかえしてくる。

看護婦がみかねて手を握ってくれた。私が痛さのあまり手に力を入れると、彼女もぐっと握りしめてくれる。

(あなたの痛いこと、よくわかっているわ)

まるで彼女の手はそう言っているようである。それが何回もつづくと私は彼女がまるで私の痛みを半分引きうけてくれているような気持ちになり、次第に呻き声を出さなくなった。

そして私にはわかったのである。すべて人間の肉体的、精神的な苦痛には必ず孤独感がかくれていることが。彼女が手を握ってくれたおかげで、私の孤独感――孤独感が大袈裟ヤックを通してエッセイで私に教えてくれたのは「混沌として明晰に分析しがたい」人間の深層心理についてであった」と述べている点である。当時遠藤はフロイトやユングにはまだ精通してはいなかった。混沌とした人間の深層心理にこの後、作家は踏み込んでいく。

この「アラベスケ」のなかで遠藤は堀への愛情と感謝を若い筆致で綴っている。特に追分で執筆された「軽井沢の人々」そして「続　軽井沢の人々」に描かれた堀辰雄と夫人との様子は後に描かれた遠藤周作自身の病床記を思い出す。病床の堀を訪ねた後の文章は若々しく、時に痛々しい。

「霧がひどい。（略）

何もかもが――。一本の木も灌木の茂みの中を流れている小道も、石も花も皆黙っている。その様なものに何か深い底知れぬ虚無《うつろ》が僕に感ぜられる。このどこかにあの「美しい村」のアダジオがあるのだろうか。（略）僕があの様に頌歌と感じていたあの作品の陰にこの様な深淵があろうとは」

この二篇はいずれも「追分にて」と記されている。この地で遠藤は生涯のテーマを与えられた。日本人の皮膚の下を流れる黄色い血、日本人の感性、これだけは受容せざるを得ない。異質の血液を膚のなかに入れた男は、それでも生きていくことが可能なのだろうか。その問いを抱えた青年は、仮にキリスト教が、人間の弱いところ、罪深いところに何らかの光を見出すことができるのなら、日本人にとってそれは決して遠いものではないのかもしれないことをこの地で意識したのかもしれない。

さらに「夏日漫談」と題された「雑談」には興味深い一節がある。後の遠藤の読書術にもかかわる読書の方法である。遠藤ほど多くの読書量をこなした作家もいないのではないだろうか。たとえば留学時の日記を見ればその読書量の多さに読者は驚かされる。そこにはあたかも読書ノートのように書名が列記されている。たとえば一九五〇年十二月四日には、「モンテルランサンチャゴの主の第二幕／デュ・ボス　日記／ベルナノス『クロニック』／サルトル『文学とは何か』」、というようにその日に読む予定の書名が数冊書かれている。そして、興味のある作家に出会った時には、その作家の日記、小説、エッセイ、伝記など、すべてのジャンルを読みつくすことが必要だと説く。

「僕は数多い作家の書物の中から一人の作家を徹底的に調べて、それを自分のものにするか、しないかそこに僕を賭けてみなくちゃ、将来、仕事をする上にも駄目だと思ったんだ」

そして、本当の勉強のためには作家にしがみつかねば、と記した。そのしがみついた相手・堀辰雄は現実からの逃避が弱点と言われているが、それではその現実とは一体何なのかと遠藤は問いかけ、現実は自然主義の作家たちが唱えるものとは異質なものと考える。

「日常卑近の中から真実中の真実をだすのが作家の直覚だ。その真実は一行となるんだ」と。つまりその一行は詩の場合は一節になるが、小説の場合は何百枚もの原稿のなかからその一行が浮かび出るという。その「真実の一行」の為に他のすべての言葉がある。それでは遠藤周作の作品にあるその「真実の一行」とは何を指すのだろうか。

「僕も将来小説を書く時、たった、その一行の為に他の言葉と構成がそれに捧げられている手法をとってみたい」

読者によって思い浮かぶ作品は異なるだろう。あの作品、あの一行、主人公のあの台詞。たとえば多くの読者が思い浮かべるものは『沈黙』の一節ではないだろうか。神父が踏み絵を踏むあの場面。

「踏むがいい。お前の足の痛さをこの私が一番よく知っている。踏むがいい。私はお前たちに踏まれるため、この世に生れ、お前たちの痛さを分つため十字架を背負ったのだ」

ここで『沈黙』を論じることはできないが、この時期、一人の青年は確実に小説を書くことを意識していたことは注目に値する。留学の船のなかで「小説家になる」という明確な意思を示す場面がエッセイにあるが、既にその種はこの追分の地にあったと言える。

もう数十年も経ってしまったが、遠藤周作氏と追分に行ったことがある。八月も終わりに近づき、夏の喧騒は去り、山には赤とんぼがとび、ススキの穂が風にゆれていた。後部座席を降り、車から離れて作家は一人、ススキをかき分け歩を進めた。後を追うことなどできない、凛としたたたずまいのむこうに一体なにがあるのか。その視線の先に、若い日々、訪れた堀邸があるのか、過ぎ去った日々があるのか、想像すら許されない。

遠藤周作はこう述べている。
「作品だけ読んではわからない、その作品を裏打ちしている彼の何かあるものが、僕を永久にこの人と結びつけそうなんだ」
「何かあるもの」、読者の心に響くその何かは、作品のなかからだけでは摑めない。作品を裏打ちしている作者が内包する何かが、私たちをひきつける。

本書には「アラベスケ」の他、今回初公開となった青年遠藤の書簡が収録された。遠藤家からご提供いただいた貴重な資料である。この書簡に関しては、本文のなかに掲載された加藤宗哉氏による詳細な解説を参照していただきたい。

ここで描かれた青年遠藤周作の手紙は、留学時代に書かれた「赤ゲットの仏蘭西旅行」を思わせるが、時にはこれからの自分の行き方を記すものから、今は女学校になっているベルナノスの学校を訪ね、女の先生からたたき出される様子など、ユーモアたっぷり、狐狸庵先生を思わせる数篇の手紙もある。

また、ここで繰りかえし登場するヘルツォグ神父については、「偲び草」でも感謝の言葉を述べてはいる（「偲び草」は一九五三年十二月、五十八歳で急逝した母郁の会葬御礼状である）。しかし、当時の日記を見ると「いわば Herzog 師は母の死の誘因となったのである」（一九六一年九月）などと、神父への不信感も綴られている。手紙の解説のなかで加藤氏もふれているが、遠藤と神父についてはあまり取り上げられてはいない。今後、あらためて考えていく必要があるのではないだろうか。

そのほか遠藤周作が自身の入院体験などをふまえ描いた、エッセイ「心あたたかな病院」も収録された。この活動は遠藤が長年携わってきたものである。その活動には、医者は「病気」ではなく、「病人」をみてほしい、そして、病人に無用な苦痛を与えないでほしい、などの願いが込められた。

なお、本書に収録された「アラベスケ」は世田谷文学館が所蔵しているものである。そのなかの一章「桃金嬢《みるて》の果実《み》」はリルケ、中原中也、芳賀檀らの詩を書き写したものであるため、その章は省いた。また、「ぐれん隊的匿名評」はペンネーム「狐狸庵主人」によるものである。内容を読み合わせ、遠藤のものと判断し、収録した。

二〇二一年より、遠藤周作の生誕百年を記念して刊行された遠藤周作初期シリーズも本作で十冊となる。

このシリーズを企画する前には、これほど多くの単行本未収録作品が存在するとは想像できなかった。また一部単行本に収録済みのものも含まれたが、いずれも貴重な作品であり、現代ではなかなか手に入らないものを加えた。これらの作品が収録できたのは多くの方々のご協力によるものであることを改めて述べたいと思う。

作品の掲載に快く応じていただいた遠藤龍之介氏に感謝申し上げます。貴重な資料をご提供いただいた遠藤家の皆様にも御礼申し上げます。また今回「【新発見】遠藤周作書簡」の解説をご執筆いただいた元「三田文學」編集長・加藤宗哉氏には本書の企画、構成など多くの面でご協力いただきました。深謝申し上げます。資料収集に関しては立教大学江戸川乱歩記念大衆文化研究センター・杉本佳奈氏の多大なサポートがあったこと、あらためて御礼申し上げます。また資料のご提供をいただいた世田谷文学館、町田市民文学館ことばらんどに感謝申し上げます。最後に、本書を企画、刊行いただきました河出書房新社編集部・太田美穂氏に御礼申し上げます。

## 初出一覧

戦後文学と倫理――『現代生活倫理講座6　文学と倫理』一九五八年六月　春秋社
劇の本質とは何か――「東京新聞」一九五八年六月二十三日（夕刊）
心理小説の限界点――「〃」一九五八年六月二十四日（〃）
新人作家の評価――「〃」一九五八年六月二十五日（〃）
ぐれん隊的匿名評――「〃」一九五八年七月二十八日
映画と文学の間――「朝日新聞」一九七一年十一月一日（夕刊）
ホーホフートの「神の代理人」を見て――「毎日新聞」一九七一年五月十日（〃）
佐藤愛子『女の学校』を読んで――「〃」一九七七年六月二十四日
「テレーズ・デスケルー」を読む――「朝日新聞」一九八四年四月十五日
私のベストワン――「毎日新聞」一九九一年十一月十一日（夕刊）
井筒俊彦――「〃」一九九四年七月二十五日
シナリオの貧困――「読売新聞」一九六九年四月二十二日
社会戯評的テスト――「〃」一九六九年四月一日
危険信号〝惰性で見るテレビ〟――「〃」一九六九年五月二十七日
敬老なんて嘘である――「毎日新聞」一九九〇年七月二日（夕刊）
漢方薬の投与――「〃」一九九〇年七月九日（〃）
こんなことして……――「〃」一九九〇年七月二十三日（〃）
ゴルフ場は日本に多すぎる――「〃」一九九〇年七月十六日（〃）
年とったせいかな――「〃」一九九〇年八月六日（〃）
花のふしぎさ――「〃」一九九〇年八月十三日（〃）

日本の救急車――「〃」一九九〇年八月二十日（〃）
躾――「〃」一九九〇年八月二十七日（〃）
囲碁界の「お助け爺さん」――「〃」一九九〇年九月三日（〃）
文化祭のアンケート――「〃」一九九〇年九月十日（〃）
ある世論調査より――「〃」一九九〇年九月十七日（〃）
ルーアンのR家――「読売新聞」一九八九年四月二日
小さな道場――「〃」一九八九年四月十六日
めぐりあい――「花曜」一九八五年五月　第四号　花曜社
心あたたかな病院（1）――「読売新聞」一九八二年五月四日（夕刊）
心あたたかな病院（2）――「〃」一九八三年八月四日（〃）
日本人の深層心理と医療技術――「東京新聞」一九八六年六月十二日（〃）
信頼感こそ治る力の源――「読売新聞」一九八七年九月十六日（〃）
プライバシー軽視しがち――「〃」一九八七年九月十七日（〃）
「医学知識」だけが医療か――「〃」一九八七年九月十八日（〃）
病院にて――「〃」一九八九年四月九日

◎表記について

一．旧字で書かれたものは新字に、歴史的仮名遣いで書かれたものは現代仮名遣いに改めました。

一．誤字・脱字と認められるものは正しましたが、いちがいに誤用と認められない場合はそのままとしました。

一．読みやすさを優先し、読みにくい漢字に適宜振り仮名をつけました。

一．作品中、今日の人権意識に照らして不適切と思われる語句や表現がありますが、作品執筆時の時代背景や作品の文学性、また著者が故人であることを考慮し、原文のままとしました。

**遠藤周作**（えんどう　しゅうさく）
一九二三年、東京生まれ。幼年期を旧満州大連で過ごす。神戸に帰国後、十二歳でカトリックの洗礼を受ける。慶應義塾大学仏文科卒業。五〇年から五三年までフランスに留学。一貫して日本の精神風土とキリスト教の問題を追究する一方、ユーモア小説や歴史小説、戯曲、「狐狸庵もの」と称される軽妙洒脱なエッセイなど、多岐にわたる旺盛な執筆活動を続けた。五五年「白い人」で芥川賞、五八年『海と毒薬』で新潮社文学賞、毎日出版文化賞、六六年『沈黙』で谷崎潤一郎賞、七九年『キリストの誕生』で読売文学賞、八〇年『侍』で野間文芸賞、九四年『深い河』で毎日芸術賞、九五年文化勲章受章。九六年、逝去。

**アラベスケ　遠藤周作初期エッセイ**

二〇二四年九月二〇日　初版印刷
二〇二四年九月三〇日　初版発行

著　者　遠藤周作
装　幀　鈴木成一デザイン室
装　画　ウィリアム・モリス
発行者　小野寺優
発行所　株式会社河出書房新社
〒一六二-八五四四
東京都新宿区東五軒町二-一三
電話　〇三-三四〇四-一二〇一（営業）
　　　〇三-三四〇四-八六一一（編集）
https://www.kawade.co.jp/

印　刷　株式会社亨有堂印刷所
製　本　小泉製本株式会社

Printed in Japan　ISBN978-4-309-03211-5

河出書房新社の本

遠藤周作と劇団樹座の三十年

宮辺 尚

遠藤周作が創った最高傑作、素人劇団「樹座」。それは、市井の人々に生きる喜びと夢を与える聖地だった──。「樹座」誕生から解散までの軌跡を描く涙と笑いの奮闘記！

## 遠藤周作の本 刊 既 評 好

### 秋のカテドラル
遠藤周作初期短篇集

『海と毒薬』『沈黙』につながる秘められた幻の短篇、初の単行本化！若き日の秀作全十四篇。

### 薔薇色の門｜誘惑
遠藤周作初期中篇

『わたしが・棄てた・女』につながる知られざる中篇、初の単行本化！感動のエンターテインメント。

### 稔と仔犬｜青いお城
遠藤周作初期童話

少年と仔犬に迫る残酷な運命。『沈黙』の原点とも言える衝撃作。人生の「同伴者」を描く名篇。

### フランスの街の夜
遠藤周作初期エッセイ

フランス留学から帰国後、作家として歩み出した若き日々。匿名コラム、直筆漫画も収録。

### 現代誘惑論
遠藤周作初期エッセイ

「愛」とは「情熱」の終わったところから始まる——。鮮烈な恋愛論と、究極の愛の真理に迫る。

### ころび切支丹《キリシタン》
遠藤周作初期エッセイ

若き日に綴られた信仰と文学の軌跡——。『沈黙』刊行前の貴重な講演録も収録。

### 人生を抱きしめる
遠藤周作初期エッセイ

生と死、善と悪を見据え続け、導き出された人間の真理、人生の約束。単行本初収録作品の数々。

### 砂の上の太陽
遠藤周作初期短篇集

人間の根源的な苦悩。芥川賞受賞直後に書かれた表題作他、遠藤文学の道標となる全九篇。

### 沈黙の声
遠藤周作初期エッセイ

『沈黙』につながる貴重な表題作他、創作体験と作中人物、文学と聖書に触れた講演録も収録。